Verlag
Michaela
Naumann

W0322230

Das Sächsische Schimpfwörterbuch

Nur *gemeene* Wörter
von Dieter Kleeberg

Verlag Michaela Naumann

Verlag Michaela Naumann, W-6369 Nidderau 2
Gesamtherstellung: Buchdruckerei Loibl, Neuburg/D.

Die Zeichnungen für dieses Buch stammen von
Dieter Kleeberg, Leipzig

Titelseitenzeichnung von Lars Contzen, Nidderau

Die Deutsche Bibliothek - CIP-Einheitsaufnahme

Kleeberg, Dieter:
Das Sächsische Schimpfwörterbuch : nur gemeene
Wörter / von Dieter Kleeberg. - Nidderau :
Naumann, 1991
(Schimpfwörterbücher)
ISBN 3-924490-22-8
NE: HST

Dräggbeen – Grähbl

Ä Vorword iebrs Schimbfn

Liebe Leserin, lieber Leser!

Diese Anrede könnte bereits über einen Anlaß zum Schimpfen hinwegtäuschen, denn so ausgewogen geht's leider in diesem Buch nicht zu. Die jahrhundertelange Dominanz des Mannes in Familie und Gesellschaft hat ihn zum Schimpfsubjekt, die Frau aber zum Schimpfobjekt gemacht. Es ist also keineswegs ein Anzeichen von Frauenfeindlichkeit des Autors, wenn ihm mehr die Frau als den Mann betreffende Schimpfwörter begegnet sind. Der Autor bittet hiermit um Nachsicht, wenn der Anschein eines *Maddschohs* erweckt worden sein sollte.

Wie Sie, grollende(r) Leser(in), sich vielleicht noch entsinnen können, mußte in allen Schulaufsätzen ein Zeitbezug vorhanden sein. Bei einem Schimpfwörterbuch drängt sich diese Forderung geradezu auf. Die Wiedervereinigung ist über die Bühne, die Wahl ist gelaufen — für die Politiker wie für die sächsischen Wähler, nur mit unterschiedlichen Vorzeichen. Die Wahlversprechen waren Versprecher, Sachsens Kassen sind leer. Die neue alte *Bierograhdie* hat wieder alles — oder besser: wie immer nichts — im Griff. *Riäng näwwa blie — nischd gehd mähr!*

Vereint — verarscht — verarmt! Für den Sachsen gibt's also allemal genügend Grund zum Schimpfen und Fluchen. Mit der Wiedergeburt des Landes bzw. Freistaates Sachsen sollte der Sachse sich auch wieder auf seine *Dradids'schohnen* besinnen, zu denen auch das Schimpfen in gepflegter Mundart gehört.

Dr Saggse is helle, heeflich — un heemdiggch! Und wenn er so richtig *wuhdsch* wird, dann könnte selbst dieses Schimpfwortregister nicht mehr ausreichen. Dieses Buch diene der Unterhaltung und auch ein bißchen der Weiterbildung in Sächsisch und Schimpfen. Der mehr oder weniger schimpferfahrene Leser möge sich und die Mentalität seiner Landsleute bei der hoffentlich lustigen und nur an wenigen Stellen ernstgemeinten Lektüre wiederfinden. *Res severa verum gaudium* — nur die ernsten Dinge bereiten wahres Vergnügen, oder aber: *'s is gar nisch so einfach, dä Leide zum Lachn zu bring'!*

Für den gebürtigen Sachsen dürfte es beim Lesen kaum Schwierigkeiten geben, für die immer zahlreicheren, aus den alten Bundesländern kommenden Wahlsachsen (sie haben sich Sachsen gewählt oder wurden nach Sachsen gewählt) hingegen schon. Aber nur Mut, liebe *Neusaggsn*, über Schimpfwörter kann man sich alle Fremdsprachen besser erschließen! Außerdem dürfen ganz speziell Sie, willkommene *Njuhgammr*, auch schon die *Nase geschdrichn voll ham* und in Ihrem Heimatdialekt vor sich hinschimpfen. Falls Ihnen in Ihrem Dialekt noch einige Vokabeln fehlen sollten, seien Ihnen weitere Schimpfwörterbücher aus dem Verlag Michaela Naumann empfohlen: das Hessische, Fränkische und in Kürze das Bayerische und Hamburger. Weitere sind in Vorbereitung.

Schimpfen, emotionsgeladene Lesergemeinde, tut verdammt nochmal gut. Beim mundartlichen Schimpfen kann man Dinge sagen, die einem sonst nicht verziehen werden. Sicher, es gibt auch Leute, die können auch nicht über einen Affekt hinwegsehen. Doch der Autor möchte für das Schimpfen geradezu plädieren, vor allem angesichts der *Huhligänns* in den Fußballstadien! Lieber verbal Dampf ablassen und Frust abbauen als *glei alles gords- un gleenschlahn!*

Wohin geht man, nach Hunderttausenden zählende Leserschar, wenn man Schimpfwörter zusammentragen möchte? Ja, auch in Bibliotheken. Aber da stand kaum etwas, was sich hätte verwerten lassen können. Wie? Richtig! Dort, wo's schändlich zugeht. Denn Schimpf und Schande bilden eine dialektische Einheit (noch geläufig?).

Man braucht sich ja nur umzuschauen, bereits stark geneigte(r) Leser(in), um Schändliches zu entdecken. Das Haus bröckelt weiter, weil der weggescheuchte Besitzer schon vor 30 Jahren in den USA gestorben ist. Die Händler mit ihren Bananen und Videorecordern waren als erste da, aber die Investoren lassen weiter auf sich warten. Funktionstüchtige Trabis verfaulen am Straßenrand, während die letzten Ersparnisse für ein in Wahrheit schrottreifes Westauto hingeblättert werden. Inzwischen sind bislang gesunde Betriebe krank oder pleite.

In dieser einzigartigen Situation kann man als Autor eine Menge Stoff sammeln. Schon Luther, der im nachfolgenden *Geleidword* zur Rechtfertigung der sächsischen Aussprache bemüht werden wird, hat dem Volk aufs Maul geschaut — seine Sammlung volkstümlicher Aussprüche einschließlich Schimpfwörter wird noch heute gern gelesen.

Es begab sich zu der Zeit, als noch die Menschen Schlange standen, unter anderem nach Taxis vor dem Leipziger Hauptbahnhof. Da huben die Leute mächtig zu schimpfen an, daß sie sich kein Auto leisten könnten und nun der Gnade vereinzelt auftauchender Taxifahrer ausgeliefert waren. Kam dann einer, fragte er in langsamer Vorbeifahrt die Wartenden: *Will hier eenr nach Mildidds? Isch fahre nur noch bis Mildidds! Isch habbe nämlisch glei Feirahmd!* Ein freudiger Aufschrei im 54. Glied der Schlange.

Mittlerweile, des Stillhaltens überdrüssige(r) Leser(in), ist das ganz anders. Jetzt stehen da soviel Taxis wie früher potentielle Fahrgäste. Man weiß gar nicht, wo man zuerst einsteigen soll, die Taxifahrer auch nicht. *Schwardse Schahfe* gibt's natürlich unter ihnen auch. Der Taxischlangenführer fragte: *Wohin sollsn gehn? — Nach Gohlis, bidde! — Ach nee, da nähmch hier die Dame mid, die will nach Leeßnich!* Da meldet sich der zweite in der Taxischlange zu Wort, der nun die vergleichsweise kurze Fuhre nach Gohlis übernehmen muß. Er motzt seinen Kollegen, der gerade die Koffer der Dame aus Lößnig verstaut, ganz schön an: *So isses rischdch! Du Dräggbeen! Suchsd dir widdr dä bäsdn Fuhrn raus! Das had ä Nachschbiel, du Hornoggse!* Der Sünder grinst nur und hat nichts weiter als ein *Volldroddl* übrig.

Die ganze zehnminütige Fahrt nach Gohlis kann der Autor nutzen, seine Schimpfwörtersammlung zu vervollständigen. *Das Saggesichd, wenn'ch dän in dä Fingr grieche! Diesr Fuddsi! So ä Grähbl, nee!* usw. usf.

Fahrtende. Früher eine 5-Mark-Fuhre, jetzt das Doppelte. Da schimpft auch mal der Autor: *Schweinerei, eelände!*

Daß, liebe Landsleute, diese kleine Erfahrung zur Zeit überall in Sachsen zu machen ist, dem stimmen Sie sicher *schimbfnd* zu.

Ä Geleidword iebr dä Schbrahche

Bevor Sie, schimpfinteressierte(r) Leser(in), den Inhalt dieses Buches gierig verschlingen, ein paar Worte an die, die als Hobby oder von Berufs wegen — die Kritiker — schimpfen.

Ehe Sie feststellen, daß die Liste der originalen sächsischen Begriffe aus allen Regionen des Freistaates unvollständig ist oder einige gesamtdeutsche Schimpfwörter einfach ins Sächsische übertragen wurden, weil Sachsen ja auch zu Deutschland gehört, gebe ich Ihnen lieber gleich recht. Das Sächsische ist außerdem sehr lebendig, deshalb fließen ständig neue und zeitgemäße Wörter ein. Sie haben auch recht, wenn Sie behaupten, daß die Sprachwissenschaft ziemlich auf der Strecke geblieben ist. Das Buch soll nämlich unterhalten.

Und wenn sich die sächsischen Gebiete des Erzgebirges, Vogtlandes und der Lausitz hierin schimpfalisch etwas vernachlässigt fühlen, kann ich das verstehen. Aber auf irgendeine Schreibweise des Sächsischen mußte ich mich schließlich einschimpfen. So habe ich mich auf das Osterländische festgelegt. Sächsisch wird mittlerweile weltweit gesprochen. *Where ever you go, ä Saggse war da scho.*

Nun, sehr verärgerte(r) Leser(in), ganz ohne Sprachkunde geht's doch nicht. Sie werden aber sehen, daß klärende Worte endlich mal nötig sind. Es wird nämlich häufig behauptet, Sächsisch sei keine Sprache, sondern eine Sprachschluderei! *Ginnlahde rundr un einfach lohfn lassn,* so lerne man am besten Sächsisch.

Doch, wißbegierige(r) Leser(in), immerhin war die Kursächsische Kanzleisprache die Basis für das moderne Hochdeutsch, und Martin Luther hat die lateinische Bibel in diese sogenannte Hochsprache übersetzt. Geschludert wurde und wird also im Rest Deutschlands.

Trotzdem wird der Sachse belächelt, vor allem wenn er tatsächlich mal ausflippt. Er kann aber mit ruhigem Gewissen schimpfen, da er ja nun weiß, daß er hochdeutsch schimpft!

Ein sächsisches Alphabet gibt's nicht, so stehe hier das Osterländische stellvertretend für die anderen Dialekte: das Anhaltische, Erzgebirgische, Lausitzische, Meißnische und Vogtländische.

Die Schreibweisen des Sächsischen sind sehr verschieden, wenn man die Werke von Karl Albrecht, Gunter Bergmann, Kurt Eberhard Franke oder Lene Voigt vergleicht. Also füge ich noch eine hinzu, welche der besseren Übersicht halber erst auf der nächsten Seite beginnt. Danach gibt es kein Halten mehr, und Hunderte von Schimpfwörtern werden Ihren Horizont erweitern.

A wie *ao* oder sogar *o*; ä wie *ä*, ersetzt oft e, i, ö.

B *weeches b*, wie *b*, ersetzt auch das p und *bb* demzufolge das pp.

C nur in Verbindungen
als *sch*;
als kehliges *ch* wie *ch* in Bochum, also nach a, ah, o, oh, u, uh (Beispiel: *Vohchl* = Vogel);
als weiches *ch* wie das sch-nahe *j* in französisch déjà, und zwar am Wortanfang (*Chunge* = Junge) und nach e, ee, i, ie, ä, äh sowie Konsonanten (*Deechaffe* = Teigaffe, Bäcker; *Frischdchn* = Früchtchen).

D *weeches d*, wie *d*; ersetzt auch das t, *dd* das tt, *ds* oder *dz* das tz und z.

E wie *e*, dem ä nahe und oft auch durch dieses ersetzt; Dehnungsbuchstabe in *ee* und *ie*, wenn's die Hochsprache erlaubt.

F wie *f*.

G *weeches g*, wie *g*; ersetzt auch das k, *gg* das ck, *gs* das x (*Gsandibbe* = Xantippe), *ggs* das chs (*Saggse* = Sachse) und *gw* oder *gv* das qu (*Gwarg* = Quark, *gvohvahdis* = *Wo gehsdn hin?*).

H wie *h*; auch Dehnungsbuchstabe in *ah, äh, oh, uh*, während e und i durch e gedehnt werden.

I wie *i*; *ie* ersetzt ü und üh.

J *chodd*, wie *j*; oft ersetzt durch *ch* oder gar *sch*.

K *hardes g*, wird ersetzt durch *g*.

L wie *l*.

M wie *m*; ersetzt in schwierigen Umlautverbindungen das n (*fimfe* = 5).

N wie *n*.

O wie *ou* oder wie *o* in englisch gold; *ö* wird oft durch *ä* oder *e* ersetzt.

P *hardes b*, wird ersetzt durch *b.*

Q *guh*, wird ersetzt durch *gw* oder *gv.*

R wie *r* in Bahre, kurz am Wort- oder Silbenende wie or oder orr; gängige Schreibweise der Silbenendung -er wird zu -r (Beispiel: *abr* oder *awwr* = aber — sprich: »ahborr, awworr«; *Ei vrbibbich!* = Ei verpippich! Na, sowas!)

S *wie s*, *ss* wie ss, *ß* wie ß.

T *hardes d*, wird ersetzt durch *d.*

U wie *uo* oder sogar *o* oder *oh*; *ü* wird ersetzt durch *i* oder *ie* (*Bierograhd* = Bürokrat).

V wie *v.*

W wie *w*; *ww* kann b ersetzen.

X das war wohl nix; wird ersetzt durch *gs.*

Y wird durch *i* oder *ie* ersetzt (*Dierann* = Tyrann)

Z wie z; wird meistens ersetzt durch *ds* (*Fords* = Furz).

Wer dieses Alphabet aufmerksam studiert hat, dem wird klar, daß die Buchstaben C, K, P, Q, T und X in der nun folgenden »Schimpfologie« nichts zu suchen haben und demzufolge erst gar nicht aufgeführt sind.

So, awwr nu! Schimbd scheen, liebe Leide! Ihr habd gennuch Grinde!

Euer Dieter Kleeberg
Leipzig

Albrich

A

Aas, gemeenes oder *dorschbdriebnes,* unverschämter, rücksichtsloser Mensch, aber auch streitsüchtiger Ehepartner.

Aasr, sind Leute, die recht großzügig mit Dingen umgehen, die ihnen nicht gehören.

Aasgeir, *Wie dä Aasgeir sin die!* Diese Beobachtung ist nun auch an Wühltischen in Chemnitz, Dresden und Leipzig zu machen.

Abbarahd, ein Kerl wie ein Baum oder eine umfangreiche Frau, bisweilen ist damit aber auch eine große Fliege oder Spinne gemeint.

Abblarsch, je nach Betrachtungsweise weiblich oder männlich, aber eben rund und knackig.

Affe, *Du dähmlischr Affe!* ist ein Hinweis auf einen indirekten Vorfahren gemäß der Darwinschen Abstammungslehre; *Mich lausd dr Affe!* drückt einen Schockzustand aus; *Du bisd woh' vom blaun Affn gebissn wordn!* zeugt von Unverständnis für den Unsinn des anderen. Schön sind auch die Steigerungen: ein *Affnarsch* wird mit dem eklig-roten Hinterteil eines Pavians verglichen, ein *Affnschwands* sieht zum Kringeln aus.

Äggnschdeor, steht 24 Stunden am Tag an der Straßenecke, Zigarette im Mundwinkel, Radiorecorder bis zum Anschlag aufgedreht.

Äggsdsendrigger, läuft nicht ganz rund; manche schlagen ganz schön Kapital aus ihrer tatsächlichen oder nur gespielten Macke, vor allem so einige »Künstler«.

Albrich, Alwrich, zieht alles ins Lächerliche, kann in keiner Situation ernst bleiben — beneidenswert!

Alde, *dassis meinä Alde,* will heißen: Darf ich Ihnen meine Gattin vorstellen? Dementsprechend *Aldr* — der Gatte, aber: die *Aldn* — die Eltern.

Alleemänschr, veralteter Ausdruck für eine Galerie auf der Straße stehender Damen, die einem Gewerbe im Liegen nachgehen.

Ämandse, von Männern abwertend für eine Frauenrechtlerin, weil es keine Männerrechtler gibt.

Ände, bleierne ein Mensch schwimmt nur dann oben, wenn sein Gewicht geringer ist als sein Auftrieb; dieses dicke Ding ist verwandt mit der *lahm' Ände,* die irgendwann noch mal zum Luftholen zu träge ist.

Angäbr, großes Maul und nichts dahinter.

Angfang därriebl, diese Person nicht sein kann, weil nicht sein darf (frz.: enfant terrible).

Angsdhase, hüpft mit seinen langen Löffeln bei Gefahr im Verzug davon und schlägt so manchen Haken.

Armleischdr, ein nicht unbedingt mit Erleuchtung gesegneter Mensch.

Armloch, mehr oder weniger tischfein für Arschloch.

Arsch, einer, der mit dem falschen Körperteil denkt. Was dabei herauskommt, ist Sch ... Klassisch sind die Bemerkungen: *Du gannsd misch ma am Arsche leggn!* und *Du hasd woh'n Arsch offn!* Ein halber Arsch ist eine *Arschbagge,* ein Lehrer mit überholten Methoden ein *Arschbaugr,* wohingegen die *Arschgeiche* das Gegenteil einer Stradivari und das *Arschloch* der vollendete Arsch ist. Dabei ist dieses Schimpfwort doch recht einfallslos. Es kommt aber noch schlimmer.

Arschgesischd, kommt einem doch irgendwie sehr bekannt vor.

Arschgrieschr, Liebe geht durch den Magen, sagt man, aber manche werben um die Gunst von der falschen Seite aus.

Arsch mid Ohrn, ein besonders charaktervolles, ausdrucksstarkes Arschgesicht. — Sie sehen, geneigter Leser, diese Ansammlung von Schimpfwörtern zum Stichpunkt Arsch ist reichhaltig, aber dennoch kulturlos.

Arschgrieschr

B

Babbe, unverwüstlicher Zweitakter aus Zwickau mit holzschliffhaltiger Karosserie; *Middr Babbe nach Bulgahrichn,* jetzt doch wohl eher nach *Idahlichn,* denn die Sachsen sind ein reiselustiges Völkchen — weil sie so gerne *heeme gomm'.*

Babbl, Babbs, veraltet für Dümmling, nur die Dummheit veraltet leider nicht.

Babbmheimr, auch so einer, der für jede kleine Katastrophe gut ist; schon Wallenstein kannte seine *Babbmheimr.*

Bächhängsd, ein Schuster, der oftmals selbst die schlechtesten Schuhe hat.

Bachulge, veralteter Ausdruck für einen, der mit der Tür ins Haus fällt und anderen auf die Nerven.

Badde, eine etwas zurückgebliebene Person.

Bäddnässr, unreifes Früchtchen, weder trocken hinter den Ohren noch um die Blase, aber schon den Mädels nachsteigen.

Bäddschr, hier fliegen die Brocken! Kaut nicht mit geschlossenem Mund, vor allem hörbar und spürbar für die Umsitzenden.

Bäddse, kann absolut nicht dichthalten, sozusagen ein Arschkriecher in den Startlöchern.

Bädong'gobb, früher war sein Kopf aus Holz, heute aus Beton, aber früher wie heute gültig für Politiker.

Baggahsche, ursprünglich Gepäck (frz.), reduziert auf nichtsnutziges Pack oder auf die bucklige Verwandtschaft. Universell anwendbar ist in diesem Zusammenhang *eeländäs Bagg!*

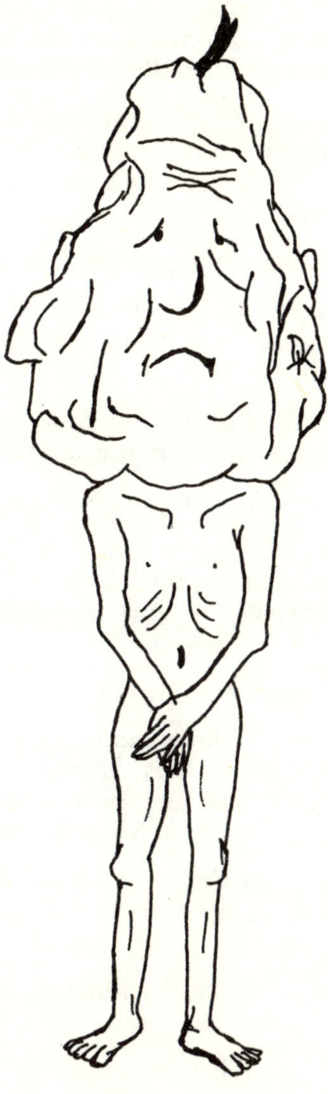

Baggnbärrnmännchn

Baggfeifngesischd, sein dummfreches Antlitz spricht Bände und reizt zu »freundlichen« Streichelungen.

Baggnbärrnmännchn, halbe Portion männlichen Geschlechts; früher wurden Birnen durch Backen gedörrt und für schlechte Zeiten aufgehoben. Leute, holt Eure Backbirnen raus!

Bäglobbdr, schlicht und ergreifend ein Idiot.

Bajaß, kommt von Bajazzo, doch der hatte wohl nichts zu lachen, so daß man heute nur noch vom *Hansworschd* spricht.

Balsch, Mehrzahl *Bälschr,* dem Kinde fehlt die Erziehung oder ganz einfach ein paar über den Balg.

Banause, hat keinen Sinn für die schönen Dinge.

Bandofflhäld, steht unter dem Pantoffel seiner Ehefrau, unter Kollegen oder am Stammtisch — sofern er in die Kneipe gehen darf — spielt er den Helden.

Bängl, tritt im Extremfall als *Lausebängl* oder *Saubängl* auf den Plan und kann einen zur Weißglut bringen.

Bännr, ein stets müder und langsam denkender Mensch, den man mit *Los, bänn'dsch aus!* antreiben muß. Leider gibt es in Sachsen nun auch *offidds'chäll* Nichtseßhafte, die man als *Bännr* beschimpft.

Banschr, streckt den Wein mit Wasser, Zucker, Glykol oder Methanol; berühmt ist die in Sachsen gelegene Kelterei *Banschiddch.*

Baragrahfnreidr, packt alle Bürgerprobleme formalistisch an, so daß der Bürger einpacken kann.

Bärlahdsch, körperlich wie geistig schwerfälliger Mensch.

Bärlinr, des Sachsen Erzfeind kommt aus Preußen.

Bärrne, *jädsd habb'ch abr dä Bärrn' digge,* die Birne ähnelt einem Kopf am meisten (*dr Gandslr*), und wenn man sie dick hat, dann reicht's einem.

Bärsärgr, *där benimmd sich wie ä Bärsärger* und ist demzufolge ein Rowdy.

Bärvärsr, ihm ist die Liebe zu langweilig; es gibt Sados, Masos, Sodomisten ...

Bascha, bei ihm haben Frauen nichts zu lachen: Bier, Zigaretten und Pantoffeln sind in unterwürfiger Haltung vor dem Fernsehsessel zu servieren.

Bäsdche, schlägt, quält und mordet — als Schimpfwort nur in Ausnahmefällen zu verwenden.

Bäsn, Hexen reiten darauf; gemeint ist aber die schlampige Ehefrau. Gegenteil: *floddr Fähchr.*

Bässimisd, ewiger Schwarzmaler, oftmals allerdings nur besser informiert als der Optimist.

Bässrwissr, sieht nichts ein und hat stets das letzte Wort, seine Informationen bezieht er in der Regel aus gewöhnlich gutunterrichteten Kreisen.

Bauerndälbl, zeigt mit seinem tölpelhaften Benehmen, daß er nicht aus der Stadt kommt.

Beeahdä, scheene veraltet für ein eingebildetes Mädchen, das denkt, daß es die Schönste sei (von Beate: die Schöne).

Bibbich, *ä gohmischr Gauds.*

Biebhahn, sorgt unter anderem für weniger Druck auf der Blase.

Biebmadds, Biebs, *du hasd ä gands scheen' Biebmadds* wird durch einen Fingerzeig gegen die eigene Stirn unterstrichen.

Biedschr, Bischlr, in seinem Kreislauf findet sich mehr Alkohol als Blut.

Bierograhd, Birrograhd, *eeländäs Bierograhdnvolg,* schimpft ein Sachse, der Kapitulation vor dem Verwaltungsapparat nahe.

Bierwansd, Bier formte diesen wunderschönen Körper.

Biesd, gleenes freches, gerissenes Mädchen, das diese Eigenschaften schon sehr frühzeitig einzusetzen vermag.

Biggse, Mädchen, offenbar hergeleitet von Sparbüchse. Ein *Biggsnmachr* ist ein Vater, der sich sehnlichst einen Sohn wünscht und nur Töchter bekommt.

Bimbl, Bimbr, schmächtiger, kränklicher »Mann«.

Bimbrlies'chn, ziert sich bei jeder Gelegenheit, was mit der Zeit den eingefleischtesten Schürzenjäger abschreckt.

Bing'gl, feinr fällt mehr durch Kleidung und Gehabe als durch Grips auf.

Binschr, halbe Portion, sowohl für Männer als auch für Hunde zutreffend.

Binsl, einer, der nur denkt, daß er denken kann.

Bissr, auch nicht besser als ein Schisser.

Bläbbs, *dr Bläbbs off dr Schdraße* ist eine wahre Fundgrube für Schimpfwörterbuchautoren.

Blähgsch, Blähgschr, verknöcherter Gegner einer behutsamen Erziehung, der die bösen Kleinen ständig anbrüllt.

Blämbe, Kantinenkaffee, jetzt auch aus Automaten kommend und dort auch als äußerst leckerer *Gabuddschieno* erhältlich.

Blähgsch

Blase, spielende Kinder machen nun mal Lärm, zerschießen Fensterscheiben, legen Stinkbomben ... später sind es Seilschaften.

Bleedmann, hat die Weisheit weder mit Löffeln noch mit Messer und Gabel gefressen; Steigerung *Bleedhamml.*

Bleedmaul, redet nur schwachsinniges Zeug, hat aber oftmals das Sagen.

Bliemchngaffee, wenn »liebe« Gäste kommen, wird der Kauffee so dünn gekocht, daß man die Blümchen auf dem Porzellan erkennt; kann auch in Restaurants serviert werden.

Blindr, erkennt trotz intakten Sehvermögens nicht die primitivsten Zusammenhänge.

Blins, ist vielleicht auch gerne Plinsen, dürfte dadurch aber auch nicht viel geschickter werden.

Blinsndiechl, seine Augen gucken überkreuz, also wie zwei Plinsen in der Pfanne.

Boddn, weder eine Meeresbucht noch Schuhe auf Russisch, sondern ein böses und bockiges Kind (veraltend).

Bogg, geilr springt durchs Leben, um zu *be*springen.

Bohbl, am liebsten möchte man diesen Gernegroß zu einem kleinen Kügelchen drehen.

Bohblheini, einer seiner zehn Finger betätigt sich ständig als Nasenhöhlenforscher. Auf diese Weise wurden die Stirnhöhlen entdeckt.

Bohfr, denkt bereits gegen 15 Uhr ans Aufstehen.

Bohnschdange, sie ist so lang und dünn, daß es allen Kletterpflanzen in der Umgebung in den Klettertrieben juckt.

Borbs, ein »laufender Meter«.

Bords'schohn, halbe selbst zwei davon werden nicht für voll genommen.

Borschdwisch, veraltet für Handfeger — das ist einer, der sich herumtreibt und erst spät heimkommt.

Breesewädl, einstmals angewandt auf ein Großmaul.

Briechl, die Frage *Du willst woh' unbädingd Briechl bäziehn, hä?* geht jeder gehörigen Tracht voraus.

Brindsässin off dr Ärbse, überempfindliches und prüdes Mädchen, das sogar Angst vor Windbestäubung hat.

Brivahd'dodsendin, Dame mit Arbeitswohnung, in der sie Herren in der Liebeskunst unterrichtet.

Brohlehd, abwertend für Arbeiter (von *Brohlehdahrichr*).

Bube, Dünnbier, vor der Währungsunion stets im Handel erhältlich.

Bubsr, einer, der sich bei Blähungen nicht beherrschen kann, aber auch das Aroma selbst: *Ei vrbibbch, chädsd is mir ähmd ä Bubsr rausgerudschd!*

Buchd, Gruppierung unverschämter Menschen, die nicht selten miteinander verwandt sind.

Buggelinsgi, wider Erwarten sehr altes Schimpfwort für einen Arschkriecher, aber dieses Problem ist ja noch viel älter.

Buggl, *Du gannsd mir ma'n Buggl rundr'ruddschn!* ist beinahe vornehm für: Leck mich am Arsch! Pfui, denn das macht man aber nicht.

Buhde, dumme sogar Truthennen — Puten — sind manchmal klüger.

Buhridahnr, selbst zu kurz gekommener Moralist, zählt 1-2-3-4-5-pfui-7...

Bulle, *dassis eenr von dr Bolände,* von der Polizei, während ein *Zuchdbulle* immer nur an das Eine denkt.

Bulgsr, lebt, um zu arbeiten.

Bumbl, *dän Bumbl machn* heißt, die Arbeit für andere zu erledigen, insbesondere die unangenehme.

Bundi, vor der Wiedervereinigung ein Bewohner der alten Bundesländer, ein *Wäsdgährmahne.*

Bunniegl, veraltet für einen Menschen boshaften Charakters.

Bussierschdängl, flirtet und schäkert herum, aber Alimente zahlen will er dann nicht.

Buwwrds'che, Bruchbude, wie sie von der Kommunalen Wohnungsverwaltung unter der Losung »Ruinen schaffen ohne Waffen« gepflegt wurde — siehe auch *Horns'che.*

D

Daddrgreis, ist als Politiker hoffentlich weltweit ausgestorben.

Daddrich, früher dummer Schwätzer, heute nur noch zitternder Alter oder das Zittern selbst: *Sahch'ma, hasdu'n Daddrich?*

Daggs, als Vierbeiner ziemlich bissig, als Zweibeiner harmlos und unerfahren.

Däggsl, veraltet für einen, der Dackelbeine hat — man vergleiche Hund und Herrchen!

Dähml, Dähmlagg, eben ein dämlicher Mensch. (Man verzeihe dem Autor: dämlich kommt von Dame, herrlich von Herr.)
(Anmerkung der Verlegerin: »Wir zensieren unseren Herrn Autor nicht, denn wo nichts ist ...«)

Dammichbrudr, flucht und schimpft, daß sich die Balken biegen. Woher hatte der ein Schimpfwörterbuch?

Dämmse, Atemluft in Kaufhäusern im Hochsommer.

Dändi, geht oft in Bars oder Straßencafés, um gesehen zu werden.

Darandl, giftige Spinne bzw. Ehefrau, deren Stiche einen Mann ausflippen lassen.

Därrländr, veraltet für ein lebendes Skelett.

Därrwansd, sieht aus wie nach drei Wochen Hungerstreik.

Dasse, driebe schläfriger, dümmlicher und langweiliger Typ; aber: *Du hasd woh' nich mähr alle Dassn im Schrang'ge!* fragt nach dem Geisteszustand des Gesprächspartners.

Däggsl

Deebsr, Krachmacher.

Deechaffe, veralteter, aber treffender Ausdruck — Armbewegungen beim Teigkneten — für einen Bäcker.

Deeds, *Isch hau dir glei'ä baar offn Deeds* — wie schön klingt der Schlag auf den Kopf (tête) doch auf Französisch.

Deifl, Deufl, der Leibhaftige begegnet uns in vielen Gestalten, so in *hol's dr Deifl, fui Deifl* oder *Där gennd Dod un Deifl!* — was heißt, daß der Besprochene bekannt ist wie ein bunter Hund.

Delbl, hat zwei linke Hände und vielleicht auch zwei linke Gehirnhälften.

Diddn-Ärna, Frau, bei der beim Duschen die Füße trocken bleiben.

Diddschr, taucht seine Speisen trotz noch vorhandener Beißerchen grundsätzlich in Suppen oder Getränke, z. B. in *Bliemchngaffee,* ein.

Dieb, Diebe, Mz. *Diebm,* hat nichts mit Räubern zu tun, sondern mit einer mehr oder weniger zwielichtigen Gestalt: *Was is'n das fr änne fiese Diebe?!*

Dierann, überflüssige Figur, auf die die Menschheit absolut verzichten kann.

Diggobb, will immer mit dem Kopf durch die Wand, weswegen dieser nun ganz geschwollen ist.

Diggwansd, fette Sau! ... um auch mal vulgär zu werden.

Dingrich, *Was indrässierdn mich där Dingrich von nähman?* heißt, daß man seinen Nachbarn so sehr ignoriert, daß man sogar den Namen vergißt.

Dinnbräddbohr'r, geht den Weg des geringsten Widerstandes: er bohrt das Brett an der dünnsten Stelle; seine Gedanken haben wenig Gehalt, was nicht unbedingt für sein Monatseinkommen gilt.

Disgohlarve, übertrieben angemaltes Teenager-Mädchen, das so aussieht, als hätte es nichts anderes im Sinn, als in die Disco zu gehen.

Doaläddndiefdauchr, selten dummer Mensch, der selbst dafür zu haben wäre.

Dobblabbn, *eene midn Dobblabbn midgegrischd zu ham* bedeutet, daß man total spinnt.

Dobbsau, alde abgetakelte Gunstgewerblerin oder auch eine verwahrloste Frau, die ab und zu auf den Strich geht.

Doffl, Deffl, Schdoffl, ungeschickter und obendrein dummer Kerl, letzterer auch noch ungehobelt, begegnet uns auch als liederlicher *Schohdndoffl* oder lahmarschiger *Glohsdoffl.*

Dohbsichdschr, ein unter Tobsuchtsanfällen leidender Mensch.

Dollbadsch, sein ständiges Mißgeschick fordert die Schadenfreude seiner Mitmenschen heraus.

Domahde, dreilose sein oder ihr Liebesleben besteht aus Seitensprüngen; aber ob sie oder er dabei noch rot wird?

Dorfdroddl, einer ist es bestimmt, nur man selbst nicht.

Drache, Drachn, des Ehemanns Alptraum: seelische Grausamkeit durch die Gattin oder Schwiegermutter.

Drägg ..., wenn der Sachse *wuhdsch* wird und sein Blut vor Zorn in Wallung gerät — wenngleich nur für wenige Augenblicke —, dann geht's schmutzig zu: *dräggsches* oder *Dräggaas, Dräggbeen, Dräggboldsn, Dräggsagg, Dräggsau, Dräggschdigg, Dräggschwein*; ein *Dräggfing'g* ist der liebe Kleine, wenn er wieder auf der Straße gespielt hat; die *Dräggschleidr* zerreißt sich das Maul über alles und jeden; ein *Drägg-* oder *Saubarrdl* ist — in ganz Deutschland veraltend — ein schmutziger Mann (von Bartholomäus).

Drahdschweib, harte Konkurrenz für die Lokalpresse.

Drahnduhde, Drahnlambe, eine Tranfunzel brennt nicht hell, aber sehr, sehr lange.

Drähne, schlaffer Frauentyp; »Es geht eine Träne auf Reisen ...« hat vielleicht etwas damit zu tun.

Drambl, Dramblдier, trampelt auf den Gefühlen der Mitmenschen herum und in Fettnäpfchen hinein.

Draurglohß, da sitzt er nun — wenn ihn keiner entdeckt — bis an sein Lebensende.

Dreedlfriddse, *Nu dreedle nich so rum, du Dreedlfriddse,* sprach die Mutter und schleifte ihren Sohn hinter sich her.

Dreidonnr, schlang'gr für drei Bruttoregistertonnen Schwimmbadwasserverdrängung aber immer noch vergleichsweise schlanker Mensch.

Driefdasse, Driefr, ist genauso leicht zu handhaben wie ein Zentner triefnasse Wäsche.

Droddl, macht alles falsch, hat zwei linke Hände, steht täglich mit dem falschen Fuß auf, stößt sich überall, stolpert über alles usw. usf.

Duggmeisr, zieht ständig Kopf und Schwanz ein, wenn der Chef etwas sagt.

Duhdn, es wird Zeit, daß das deutsche Wörterbuch dem Sächsisch angepaßt wird, aber es ist ja etwas völlig anderes gemeint: *Där had ja von Duhdn un Blahsn geene Ahnung!*

Duhnischguhd, treibt sich oft in schlechter Gesellschaft herum und muß ab und zu hinter Schloß und Riegel.

Dummgobb, Dummheit ist international (Tucholsky); dieses Schimpfwort ist zumindest überall dort zu Hause, wo deutsch geschimpft wird.

Dunde, wäre gern eine Frau.

Dunsdgiebe, *Du bisd nich gands rischdch undr deinr Dunsdgiebe,* deutet auf einen schweren Defekt unter dem Hut bzw. unter der Schädeldecke hin.

Dunsl, dasselbe wie *Droddl.*

Dussi, ist derzeit aktuell bei ihm: seine Tusnelda.

Dussl, ein Tölpel in den Startlöchern.

Dussldier, Ungeschick läßt grüßen!

E

Eeädrachn, produziert einen Ehekrüppel, der sich wünscht, eines Tages von einer Prinzessin befreit zu werden, die den Ehedrachen erschlägt.

Eeägribbl, Eeägreebl, mittlerweile willenlos gewordener, seelisch verkrüppelter Ehemann.

Eechnbreedlr, hat soviel *Eechnsinn* zu behaupten, der einzige fähige Mensch auf der ganzen weiten Welt zu sein; tritt deshalb nur als Einzelgänger auf.

Eedäbädeedä, Mein Gott, was bin ich heute wieder schick!

Eefaldsbinsl, glaubt einfach alles, was man ihm verspricht, und Wahlversprechen sowieso.

Eeläfand im Bordsällahnlahdn, Experimente von *Brohfässr Dschimmägg* haben gezeigt, daß sich Elefanten taktvoller benehmen.

Eelies, veraltet für eingebildeten Pinsel (von Elias).

Eeschbuhds, veraltet für einen Single; eigentlich einspänniger Pferdewagen (Einspänner).

Eesl, vier senkrecht: Grautier mit vier Buchstaben …

Eile, ein beliebtes Gesellschaftsspiel unter Jungs in der Disco ist *Eilnschießn:* wer mit der Häßlichsten tanzt, hat gewonnen. Wie arrogant!

Eimr, Ämmr, die Gesichtszüge wirken wie in einen alten Zinkeimer geworfen.

Eirgobb, beliebter Ruf von Fußballfans, wenn der Schiedsrichter die Regeln nicht kennt.

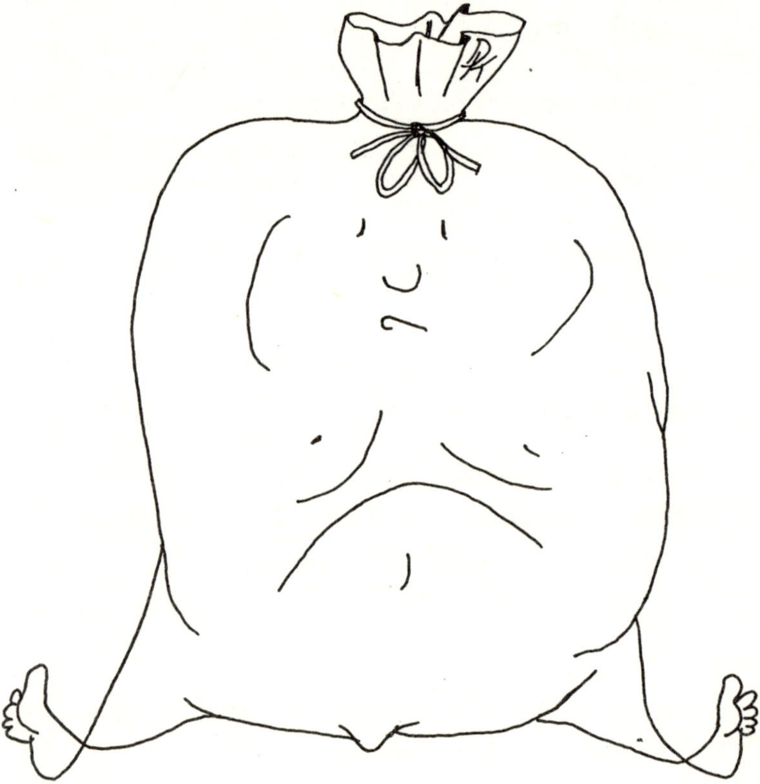

Fäddsagg

F

Fäddgobb, müßte mal wieder seine Haare waschen.

Fäddsagg, kann sich vor lauter Körperfülle kaum noch bewegen.

Fäddwansd, an ihren Taten sollt Ihr sie erkennen — nicht an ihren Leibesumfängen: die, die an der ganzen Scheiße schuld sind, und die, die jetzt davon profitieren.

Fadsge, Schönheit — auch wenn nicht vorhanden — ist Erste Bürgerpflicht, auf den Geist kommt's nicht so an.

Faffe, kein armseliger Seelsorger, sondern ein Moralprediger.

Faggsn, *Jädsd habbich awwr dä Faggsn digge!* bedeutet gesättigten Bedarf an erduldtetem Unsinn.

Fähchr, floddr man(n) dreht sich nach ihr um.

Fährd, *ä Gemied wie ä Fährd* — im gemütlichen Trab geht der Sachse jedes Problem an, Galopp ist ein Fremdwort.

Fandasd, hat die tollsten Ideen für die Zukunft, aber die Gegenwart kriegt er nicht in den Griff.

Fännischfuggsr, geizt mit jedem Pfennig, seit 1. Juli 1990 in D-Pf.

Färgl, Färgelienoh, Kinder kleckern beim Essen und spielen in Pfützen, Erwachsene kleckern auch beim Essen und machen obszöne Bemerkungen (auch beim Essen).

Färrlefands, überflüssiges Getue; Anhäufung nutzloser Gegenstände wie Reisesouvenire oder Planübererfüllungstransparente.

Färrns'che, *Bisdu doddahl bäglobbd in deinr Färrns'che da ohm?* ausschließlich westsächsisches Schimpfwort für einen denkschwachen Kopf.

Faulbälds, hat das Arbeiten nicht erfunden.

Fauländsr, überläßt sein Leben dem Selbstlauf.

Feichling, nichts gegen eine gesunde Vorsicht, aber bei ihm ist sie krankhaft.

Feife, drückt sich vor Entscheidungen und anderen schwierigen Situationen.

Feir'riebl, der ehrwürdige Berufsstand der Schornsteinfeger und Glücksbringer wird mit »Feuerrüpel« zuunrecht verunglimpft.

Ferschdr, ruhe- und rastloser Mensch (von Förster, der den ganzen Tag durch den Wald streift, also »herumförstert«); *Isch bin heide 'n gandsn Dahch widdr rumgeferschdrt!* japst die Frau zu ihrem Mann, der vor dem Fernseher mit einer Flasche Bier versackt.

Fibbrling, veraltet für Schneider bzw. einen, dem die Hemden zu eng und die Hosen zu kurz sind.

Fiesling, (klingt hochdeutsch) kein Füßling, sondern einer, der über Leichen geht oder die Notlage anderer schamlos ausnützt — Sachsen, hütet Euch!

Figgrich, nichts Unanständiges, sondern ein nervöser bis hektischer Mensch; auch Eigenschaft: *Nu sei nich so figgrich!*

Fingsdoggse, Mode*narr.*

Fischgobb, Fisch, Angehöriger eines deutschen Volksstammes nördlich von Preußen, aber nicht so frech wie ein Preuße; hatte bisher wie der Sachse unter dem Preußentum zu leiden und ist im Ernstfall auch dessen Verbündeter.

Fissemadends'chn, *Häre off middän Fissemadends'chn* steht für: Nur keine Umstände! Mach bloß keine Schwierigkeiten! bis: Laß den Scheiß!

Fläbbe, durch herabhängende Mundwinkel (typisch sächsisch) demonstrierter Unmut; Mehrzahl hat andere Bedeutung: Der Aufforderung der Polizei *Här mid'n Fläbbm* — »Ihre Fahrzeugpapiere, bitte!« — ist unbedingt Folge zu leisten.

Flachgobb, Flachbärrne, besonderes Kennzeichen mangelnden Denkvermögens: eine fliehende Stirn wie vor einiger Zeit beim Neandertaler.

Flächmahdiggr, mit sächsischer Mentalität übervorteilter Erdenbewohner.

Flähds, unhöflicher, rücksichtsloser, liederlicher Kerl; legt auf Rasenflächen Trampelpfade (Wildwechsel) an. Stößt ein Sachse auf solch einen Pfad, bemerkt er zumeist: *Dän Wähch ham dä Flähdse gedrähdn!*

Flännr, heult bei jeder *Labbahliche,* aber *Maddschoh* ist ja sowieso out.

Flasche, ist grün und hohl, ziemlich wertlos, beherbergt Alkohol und andere flüchtige Geister.

Flasdrgasdn, veraltet für Feldscher oder Militärarzt.

Flaume, ist weichlich und ab und zu madig.

Fleeschl, dasselbe wie *Flähds,* nur noch etwas streitsüchtiger (ursprünglich Dreschflegel).

Fliddschn, Mädchen oder Frau mit lockerem Lebenswandel, auch finanzinteressenlos.

Flieche, *Mach dä Flieche* ist die nachdrückliche Aufforderung, flugs das Weite zu suchen.

Fliechnfängr, läuft ständig mit offenem Mund herum, jagt auch dort, wo keine Fliegen sind.

Flindnweib, noch in (un)guter Erinnerung als besonders giftige Zöllnerin oder Polizistin, ein Frauentyp, der hoffentlich ausgestorben ist.

Flossn, die Extremitäten, zumeist die unteren, aber auch die Hände; Schwimmhäute fehlen.

Flunsch, wie *Fläbbe*; Schmollmund à la Brigitte Bardot.

Foddse, schon sehr vulgär für eine ein bestimmtes Gewerbe treibende Frau; beim Militär ist die *Bärnfoddse* eine Pelzmütze.

Fohdn, Steigerung *Dräggfohdn*, die altehrwürdigen menschlichen Hände. Raubüberfall: *Fohdn hoch!*

Fords, nicht ernstzunehmender Wichtigtuer, wird leicht vom Winde verweht (früher auch *Fisd*); ansonsten Leibeswind mit Geräusch und Aroma.

Fordsr, Leibeswind Ablassender; ein *Sässlfordsr* nutzt seine (auch nur geliehenen) Machtbefugnisse schamlos und willkürlich aus.

Fordsmulde, Bett, bei dem die Wäsche gewechselt und die Matratze erneuert werden müßte.

Frägadde, alde etwas wunderliche Frau, die nicht mit Anstand alt werden kann.

Fräschdaggs, liebenswert unverschämter Kerl.

Frässr, verfügt über eine Frässe, mit der er übermäßig frißt. Im alten Sachsen herrschte Not und Kindersterblichkeit, da hat man *'nen Frässr weenchr* leichter verschmerzt.

Friddse, als *Dreedlfriddsn* kennen wir ihn schon, aber es gibt auch Händler wie den *Dsigräddnfriddsn* oder *Gohlnfriddsn*; aber: *Gohglfriddse* ist ein Pyromane, *Schdäng'grfriddse* ein Unruhestifter, der *Schmierfriddse* hat eine unsaubere Handschrift oder Sprühweise.

Friemlr, sein liebstes Spielzeug: der Trabi in der Rennversion.

Frischdchn, *Gomma här, mei Frischdchn, damid'ch dir dä Ohrn langziehn gann!*

Frosdmämme, Frosdbeule, friert schon bei +30 Grad.

Frums, Schlamperei, Ausschuß; seit AIDS zu *Fromms* aufgewertet.

Fuddrluhche, der Mund ist nicht allein zum Sprechen da: *Immr rin in dä Fuddrluhche!*

Fuddsi, bei soviel Dummheit kann man ihm nicht böse sein.

Fuffds'chr, falschr das fälschungssichere 50-Pfennig-Stück ist noch nicht erfunden.

Fuhriche, hüten Sie sich, lieber Leser und Schimpfer, vor rasenden und hysterischen Weibsbildern.

Fummlr, lenkt sich durch Spielen mit Stiften, Radiergummis, Linealen, Papierschiffchen usw. unbewußt vom Unterricht ab; im Erwachsenenalter konzentriert arbeitender Schürzenjäger.

Fund, Bestechungssumme von 20 Mark – einst ein grüner Goethe, jetzt eine grüne Frau, die keiner kennt: *Da mäschdsde abr erschd ä Fund riebrwaggsn lassn!* – Aber: ein *dummes Fund* ist einer, dem der Ernst fehlt.

Fuschr, Handwerker, der sich tagsüber schont bei der Arbeit und nach Feierabend steuerfrei arbeitet, aber nicht selten oberflächlich.

G

Gabbidalisd, kein sozialer Marktwirtschaftler (?), sondern einer, dem scheinbar mühelos das Geld auf allerlei krummen Wegen in die Taschen hüpft.

Gaffeesaggse, er gönnt sich ja sonst nichts; Sachse aus der Dresdener oder Leipziger Gegend – im Erzgebirge gibts die *Gardofflsaggsn.*

Gaffr, man erkennt ihn an den Stielaugen – jetzt nur DM 9,99 bei Ihrem Optiker! (also nicht mal zehn Mark!)

Gaggei, Schwätzer, Dümmling; übrigens informiere man sich, wie Eier auf die Welt kommen …

Gaggr, Koseform für Scheißer.

Gaggrhänne, mäkelige Frau, unter der die auf dem Hof spielenden Kinder zu leiden haben.

Gaggsch, Spaß, Gag; *Mumm dorsch Gaggsch* war die propagandistisch ausgeschlachtete Urlauberwohlfahrt in Deutschlands übelsten Zeiten: »Kraft durch Freude«.

Gahge, neigierche sie steckt ihre Nase in alles hinein.

Gahglisch, *Zieh'n Gobb ein, du Gahglisch!* heißt: Hau ab, du langer Kerl!

Galchnvohchl, Galchnschdrigg, Dauergast im Knast.

Galfaggdr, seine unausgesetzten Witzeleien sind langsam penetrant.

Galgwand, blutarm aussehender Bohemien-Typ.

Gamehl, ist weder klug, ausdauernd, durch Nadelöhre gehend, wiederkäuend (oder doch?) noch lange ohne Trinken auskommend – ja, warum dann diese Bezeichnung?

Gammlr, mancher von ihnen war sogar zu faul, sich seit der Hippieszeit wenigstens einmal die Haare zu schneiden, zu rasieren und sich neue Jeans zu klauen.

Ganallche, Frau, die alle Gerissenheit daransetzt, das Zepter zu schwingen — warum wollen auch immer die Männer das Zepter schwingen?! (frz. Canaille).

Gandslschwalbe, Gott erhalte auch diese frömmelnde alte Jungfer!

Gang'gr, spinnenähnlich langbeiniger, dürrer Kerl.

Gängsdr, seine Vorteile sind die Nachteile der anderen, z. B. erzeugt er künstlich Versorgungsengpässe oder nutzt sie zumindest; diese Zeiten sind nun vorbei, wenn man mal vom Immobilienmarkt absieht.

Gannohve, Knastbruder, üble Kneipenexistenz.

Gardndswärch, Laubenpieper, kleinkarierter Schrebergärtner, aber auch ein Junge, der einfach nicht wachsen will.

Garigaduhr, man muß berühmt(-berüchtigt) sein und Format haben — oder eben keins —, um so dargestellt zu werden.

Garriärisd, gab's vor der Wende und gibt's nach der Wende — und immer sind's dieselben.

Garschdchr, *ä gands Garschdchr* ist ein ungezogener und bockiger Junge.

Gasbr, einer sorgt ständig für alberne Bemerkungen — sehr zum Leidwesen des Lehrers; ein *Gasbr(le)deeahdr* hingegen ist die Schaubühne der großen Politik.

Gasbrgobb, unernster Mensch; zu unrecht abwertend für die volkskünstlerisch tätigen sächsischen Bergvölkerschaften im Vogtland und Erzgebirge, *bei dä Lefflschniddsr un Gasbrgäbbe.*

Gärl, Person männlichen Geschlechts — weibliches Gegenstück: *Garliene* — mit den Eigenschaften *abgefaggd, begnaggd, heemdiggsch,* aber auch *ficheland* (clever); kommt von Karl.

Garniggl, mümmelt sich als *Vegedahrichr* durchs Leben oder lebt nach der Devise: Ihr Kinderlein kommet!

Gaublr, bestreitet seinen Lebensunterhalt durch zweifelhafte Tauschgeschäfte, z. B. (vor der Wende) 10 m^2 Fliesen gegen 40 Festmeter Bauholz.

Gauds, gohmischr fällt durch sonderbare Handlungen und nichtnachvollziehbares Gequatsche auf.

Geedr, Mischgeedr, kläffige Promenadenmischung oder streunender Hund; Skat: *aus jedn Dorf ä Geedr* läßt nur noch das Spiel »Bunt Hand« zu.

Gehärrnambudierdr, medizinischer Fachausdruck für Hohlkopf; der je nach Größe und Zähigkeit des Hirns mehr oder weniger komplizierte Eingriff besteht im Ausblasen durch die Ohren.

Gehhilfe, mehr als ein Gehilfe, nämlich ein ehemals so guter und treuer Freund: der Trabi.

Gehuddsche, ihblsdes eine Gesellschaft, in die man lieber nicht geraten sollte.

Geidsgrahchn, der rückt nichts raus und schlaucht sich überall durch. Besonderes Kennzeichen: kurze Fingernägel vom Zusammenkratzen aller Pfennige.

Gelumbe, made in GDR — siehe auch *Mummbidds.*

Gesischdsfümf, für das Gesicht gibt's nur die Note 5.

Gesoggs, herumlungernde Typen, um die man einen großen Bogen machen sollte.

Gewiddrzieche, hat ständig schlechte Laune, die sie an anderen ausläßt.

Gibbsguh, nicht alle Kühe geben Milch, weil manche aus Gips darunter sind; mit *än Gibbsgobb* läßt es sich dann auch schwer denken.

Gichndragohnr, heute oftmals nur noch *Dragohnr,* schwingt den großen Kochlöffel in der Küche — wehe! — und manchmal das Nudelholz an der Wohnungstür.

Giebidds, Spanner, aber auch unerwünschter Über-die-Schulter-Gucker beim Skatspielen.

Gifdnuhdl, Anfangsstadium eines gehässigen Menschen, entwickelt sich mit der Zeit zur *Gifdgreede* oder gar *Gifdschlange.*

Gifd un Galle schbuggn, so schimpfen nur Leute, die dieses Schimpfwörterbuch nicht kennen und denen die nötigen Vokabeln fehlen.

Gifdzwerch, kleinere Menschen haben's schwer, sich durchzusetzen und verspritzen deshalb ab und zu auch mal Gift — bis ihnen einer das Zwerchfell über die Ohren zieht!

Gimmlandres, dem Kümmellikör und anderen geistigen Getränken sehr zugetaner Bürger (von Andreas).

Gimmldärge, Rassenhaß und Ausländerfeindlichkeit haben hier nichts zu suchen! So sei hiermit auch nur ein langweiliger Mensch gemeint (nach einem sächsisch-anhaltischen Kümmelanbaugebiet bei Halle, der »Kümmeltürkei«).

Gindsgobb, *wärd där dänn nie ärwaggsn?* Erwachsensein hängt nicht von der Körpergröße ab.

Gischrärbse, Freundinnen haben immer was zu kichern, und die Jungs werden rot dabei.

Glabbrgerisd, Glabbrgeschdäll, sehr abgemagerter Typ, bei dem man die Knochen klappern und Gelenke quietschen hört.

Glabbsgobb, Glabbsmann, Glabbsr, hat offensichtlich schon so viele Klapse auf den Hinterkopf bekommen, daß er einen Dauerschaden davongetragen hat.

Glabbsmihle, *Hier gehd's zu wie in dr Glabbsmihle!* Hektik und Chaos bestimmen das Geschehen auf Arbeit oder in der Familie — wie beim Ausnahmezustand in der Anstalt!

Gladderraddadsch, Unsinn, Nebensächlichkeit, aber auch sich auf dem Schreibtisch auftürmende Arbeit.

Gladdsgobb, kommt vom vielen Denken und wenigen Schlafen oder vom vielen Saufen und wenigen Vitamineessen.

Glämmsr, veraltet für einen, der nicht zur Sache kommt und nur drumherumredet (von Clemens).

Gladdschjuhle, soviel wie ein *Blaudrlies'chn.*

Gläggsr, einer von der schreibenden Zunft, dem Sensation und Verleumdung wichtig sind.

Gliege, in guten wie in schlechten Zeiten schanzt man sich in der Wirtschaft die Pöstchen zu (von frz. clique: Bande).

Glinglbuddsr, früher Hausierer, heute Vertreter und ab und zu freche Kinder.

Glohn, Klassenbester im Herumalbern.

Glugge, die eine läßt ihrem einzigen Sprößling zu viel Mutterliebe angedeihen, die andere *sidsd off ihrm Gälde wie 'nä Glugge offn Giggn.*

Gluhchscheißr, einmal was gewußt, nun immer gleich alles besser gewußt, vor allem hinterher.

Glummbaddsch, kloßige Masse, bei näherem Hinsehen ein fetter Mensch.

Glunschbäggr, *De Breedchn sin ja forschdbar! Von wähm sindn die widdr? – Nadierlich widdr vom Glunschbäggr!*

Gnäbbchn, kleiner unbedeutender Mensch, der glatt in einem Knopfloch Platz hätte; aber: *Weeß Gnäbbchn!* heißt: Tatsächlich!

Gnaggr, alternder Lustmolch.

Gnahdschdande, Einfraunachrichtenagentur, führend im Verbreiten von Falschmeldungen.

Gnallgobb, wenn Dummheit laut wäre, würde es bei ihm ganz schön knallen.

Gnasdrolohche, Student der Knastrologie, sitzt in Dauerklausur, Studienzeit wird nicht in Semestern, sondern in Jahren und Monaten gezählt.

Gneifr, wenn's eng wird, läßt er anderen den Vortritt.

Gnilch, geradezu unbedeutender Mensch, verschrumpelter Gernegroß.

Gnochn, aldr abfällig für alten Mann; beim *Eeägnochn* hingegen liegt eine künstliche Alterung durch das nervende Eheleben vor.

Gnochngerisd, die Kommunale Wohnungsverwaltung hat immer behauptet, Gerüste seien knapp, dabei laufen genügend von ihnen herum.

Gnords, Gnordsl, veralteter Ausdruck für ein verhutzeltes Männlein (eigentlich Baumstumpf).

Gobbschuhsdr, Hutmacher, also einer, der *Dunsdgiebn* baut.

Goddsbroggn, gibt erst an wie zehn Säcke Affen, aber was anschließend dabei herauskommt – drauf gespuckt! Endstadium ist der *Großgodds.*

Gohglfriddse, mit zitternden Händen setzt er das benzingetränkte Stroh in Brand, hell leuchtet das Feuer in seinen glänzenden Augen, dann alarmiert er die Feuerwehr und löscht sogar selbst mit — das macht Spaß!

Gohglmohsch, Belanglosigkeit, mit der sich jemand ernsthaft beschäftigt, z. B. Schuhcremedosen sammeln, oder einfach wirres Zeug.

Gommißgnochn, Gommißschdiefl, altgedienter Soldat, der nichts gelernt hat außer Saufen, sich anscheißen zu lassen und dumme Befehle zu geben.

Gonfiefchn, veraltet für eine Anhäufung von Strolchen (Konvivium = Zusammenleben).

Gorindngaggr, Griemlgaggr, kleinkarierter Beamter! Formalist! Bürokrat! Pedant! — Ach, tut das gut!

Grabbschr, unverlangte Streicheleinheiten sollten bei ihm mit einer Ohrfeige oder einem Tritt in die verantwortliche Gegend beantwortet werden.

Graddsbärrschde, Shakespeares Vorbild für »Der Widerspenstigen Zähmung«.

Grafdmeir, hat mehr Muskel- als Geisteskraft; *Grafdmeierei:* fahrlässiger Umgang mit der Macht.

Graf Gohgs von dr Gasanschdald, Seine Hochwohlgestapelt, Durchschlaucht und Dummheit!

Grageelr, trunkener Lärmmacher, tritt zumeist in Rudeln nach Stadion- oder Kneipenbesuchen auf.

Grähbl, Greebl, eeländr man könnte stundenlang auf ihn einschlagen — aber lieber schimpfen, denn der *Grähbl* könnte *abgrähbln,* was sterben bedeutet.

Grämmbl, gemischtes, nicht unbedingt hochwertiges Warensortiment, aber auch unaufgeräumtes Spielzeug: *Gomm, mei Chungä, reime ma dein' Grämmbl wech!*

Graublgewiddr, unfreundliche, ständig schimpfende Frau (ohne dieses Buch gelesen zu haben!), eng verwandt mit der *Gewiddrzieche.*

Grawaddnfabrigand, veraltet für einen Halsabschneider — ja, wo soll er denn dann die Krawatten hinhängen?

Grawahde, Produkt einer antiautoritären Erziehung.

Griewahdsch, schmächtiges Kind, das kaum mehr den Ranzen zur Schule tragen kann.

Großmohchl, setzt alle Welt in Kenntnis über seinen Kontostand, Hausbau, *Lahsd-minnjud-Njujohrg*-Flug, *Maurieds'chus*-Urlaub, 500er Mercedes (supergünstiger Jahreswagen!), *Ührsänglohrang*-Schlips und das vertrauensvolle Verhältnis zu seinem Chef (von Groß-Mogul).

Gruhdsch, Gruhdschr, vorlautes Kind, während ein *Achdngruhdschr* ein Erstenklässer, aber nicht unbedingt ein erstklassiges Schulkind ist.

Gsandibbe, Sokrates' zänkisches Weib hat offensichtlich würdige Nachfolgerinnen. Der griechische Philosoph folgerte: Der Mann heiratet oder heiratet nicht, aber er bereut beides!

Guhdsdr, *Mei Guhdsdr!* ist ein Ausdruck hoher Wertschätzung, jedoch mit anderer Betonung eine Warnung, daß der Sachse jeden Moment *wuhdsch* werden könnte.

Gullrbauch, Mann mit typischem Bierfriedhof.

Gunsdbanause, ein Banause verachtet bereits die Kunst, aber *Gunsd* ist so *härrlisch säggs'sch.*

Gusche, *Hal'deine Gusche!* Halt's Maul!

Gwaddschgobb, Gwaddschr, sagt mit vielen Worten wenig bis nichts — wie unsere Politiker.

Gwärchlr, ihm kann's nicht schnell genug gehen.

Gwahrdsr, steckt sich mit der alten bereits die neue Zigarette an, nebelt alle Mitmenschen ein (auch in Restaurants zur Mittagszeit), fragt nicht anwesende Damen, ob seine Zigarette eventuell stören könnte, legt Brände durch weggeworfene Glimmstengel und hustet oft stundenlang.

Gwandn, *Nimm dä Gwandn hoch!* heißt: Heb die Füße beim Laufen!

Gwänglfriddse, Gwänglr, Nörgler, aber auch bittender und bettelnder Sprößling, der so lange quengelt, bis er seinen Willen durchgesetzt hat.

Gwäruland, Störenfried in der Öffentlichkeit – weiter so, nichts gefallen lassen!

Gwassldande, Gwasslschdribbe, kann ohne Punkt und Komma und ohne Luftholen reden, besonders gern in Telefonzellen.

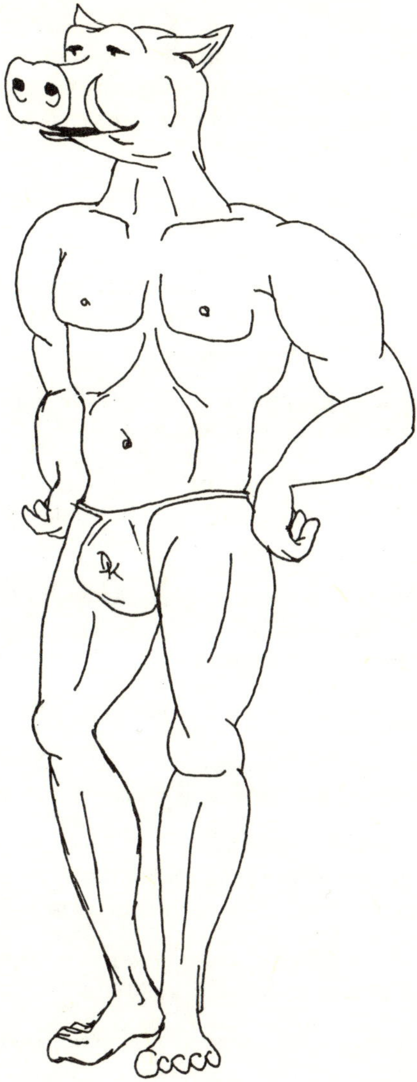

Haggsch

H

Häddsr, Auf nimmer Wiedersehen, Karl Eduard von Schnitzler und Gerhard Löwenthal!

Häggmägg, sinnloses Getue, Chaos — oder was dazu geführt hat.

Haggsch, Sauhaggsch, stellt ständig seine Potenz zur Schau und kennt auch kein anderes Gesprächsthema (veraltet für geilen Eber).

Häggse, alde zänkische alte Frau, die den Verlust ihres Reitbesens an anderen ausläßt.

Hahnebambl, veraltet für einen, der sich total gehen läßt und andere für seinen Lebenslauf verantwortlich macht.

Halbschdargr, ist gerade mal trocken hinter den Ohren geworden und will schon den starken Mann markieren — aber nur in der Gruppe.

Halung'ge, Gauner, halt eine üble Type.

Hamblmann, tut so, als hätte er was zu sagen, dabei ist er es, dem gesagt wird, daß er zu spuren habe.

Hämde, därres kraftloses, blutarmes, abgemagertes Geschöpf, das kaum einen Schatten wirft und unter der Dusche hin und her rennen muß, um naß zu werden.

Hamml, säldn bleedr rares Exemplar einer Paarhufergattung, die einfach nicht ausstirbt.

Hämmschuh, im vorigen Wirtschaftsgefüge Mensch mit Verantwortung, aber ohne nötige Qualifikation oder Entscheidungsfreude — viele haben noch Verantwortung!

Handuhch, schmales ist so dünn, daß es aufpassen muß, nicht tatsächlich für ein Wäschestück gehalten zu werden, denn in der Waschmaschine dreht sich immer alles so schnell und schmeckt so furchtbar nach Seifenpulver.

Hansworschd, hat der auch schon was zu melden?!

Hausdrachn, wehe dem Ehemann!

Heemdiggchr, *Du bisdcha ä gands Heemdiggchr!* bezeichnet die dritte Eigenschaft eines Sachsen neben *helle* und *heeflich.*

Heilichnschein, fehlende Haarpracht, aber auch Aura, mit der sich die Politiker schmücken.

Heilsuhse, weinerliches Mädchen, dasselbe wie *Neel'liese.*

Heini, doofr auch *bleedr* oder *mäschuggr Heini;* Heinrich, mir graut vor dir!

Heischlfriddse, blinkt links und fährt rechts, besonders häufig nach der Wende zu beobachten.

Heißschborn, gibt's in Sachsen selten, aber wenn, dann richtig!

Heubohm, veraltet für einen, der nicht die Weisheit, dafür aber die Dummheit mit Löffeln gefressen hat.

Hibbr, Hübbr, ein unerfahrener Jüngling, beim Kommiß ein frisch eingezogener Rekrut.

Hiddsche, ursprünglich Fußbank, später Kinderwagen, nach letzten Erkenntnissen Trabi älteren Baujahrs, dem *Rundgeluhdschdn.*

Hilfsschärriff, der zweite Mann im Streifenteam.

Hohlgobb, ist neidisch auf Melonen, weil da wenigstens süßes Wasser drin ist.

Holdsgobb, hat einen immerhin massiven und nicht hohlen, aber dennoch unbrauchbaren Kopf.

Horniggl, veralteter Ausdruck für eine leicht bescheuerte Frau.

Hornschaf, Steigerung *Hornoggse,* hat Hornhaut statt Hirnhaut.

Horns'che, typische Leipziger Wohnung: Klosett auf der Treppe, fließendes Wasser von allen vier Wänden, undichte Fenster, Taubenzecken ... da hört der Spaß auf.

Hörrni, zeichnet sich entweder durch fehlendes Hirn oder durch zwei Hörner aus.

Hörrsch, Härrsch, merkt noch nicht einmal, daß er mit einem Geweih herumläuft, das man ihm aufgesetzt hat.

Hosnscheißr, etwas deftig für Angsthase, aber gut beobachtet.

Huddelei, der Seufzer *Mid meim Aldn habb'ch nor Huddelei!* signalisiert Ärger und Probleme mit dem lieben Gatten und hat nichts mit Lobhudelei zu tun.

Huhrnbogg, männliches Flittchen — also ein Flitt??

Hund, eines der aus dem Sächsischen in die übrigen Dialekte übernommenen Schimpfwörter; ein zweibeiniger Hund ist *bleed, faul, gerissen* ...

I

Idchohd, Mensch mit angeborener, erworbener oder gespielter Geisteskrankheit — findet man reichlich.

Imbralismus, mehr saarländisch-preußische Bezeichnung für die Bedrohung aus dem Westen, der die Sachsen nun schutzlos ausgeliefert sind.

Indälligändsabschußrambe, der Leipziger Uni-Riese, dem 1968 die alte Uni und die Paulinerkirche weichen mußten — da war tatsächlich jede Intelligenz abgeschossen!

Indälligändsbäsdche, vergeistigter Chaot, der vor lauter Bildungshunger den Blick für die Mitmenschen und die Realität verloren hat.

Individchum, merkwürdiges Subjekt.

Irrnhaus, ist überall, wo es drunter und drüber geht, wird bevölkert von *Irr'n*; besser: *Glabbsmihle.*

J

Jahgobb, rischdchr ist kein echter Kaffee, sondern die Krönung der Dummheit.

Järche, veraltet für einen Jammerlappen, einen erbärmlichen (von Georg).

Ja-Sahchr, kritikloser Karrierist, meit im Dunstkreis seines Chefs zu finden, gibt sich gern als Claqueur auf Sitzungen usw. her.

Johgl, Chohgl, Liebhaber, und zwar von Essereien, zum Beispiel *Gäsejohgl* (von Jockel).

Jurisdr, Winkeladvokat, geeignet als Parteivorsitzender in Übergangszeiten oder zur Verteidigung ehemaliger Persönlichkeiten.

L

Labbndiddrich, veraltet für einen, der mächtig heruntergekommen und auf Almosen angewiesen ist; kommt nun leider wieder in Mode.

Läbbsch, alles Menschliche ist ihm fremd, knausert mit jedem Pfennig — man sieht's auch an seiner schäbigen Kleidung.

Laggaffe, Mein Gott, was ist er heute wieder schön ... eingebildet!

Lähbrworschd, bäleidschde So, ich bin jetzt eingeschnappt und schreibe nichts dazu.

Lahdschr, kann seine Füße nicht beim Laufen heben, hinterläßt mit der Zeit Spurrillen (sollte sich leichtere Schuhe kaufen).

Lahmarsch, hat zuviel Pflegma (Bestandteil der sächsischen Mentalität).

Läsdrmaul, dräggsches Schadenfreude und üble Nachrede sind für ihn das Schönste, aber wehe, er ist selbst das Opfer!

Lausejunge, Lausechunge, kein verlauster, sondern ein ungezogener Junge, was viel schlimmer ist, denn Läuse kann man beseitigen.

Läuserächn, Kamm, mit dem man einen scharfen Scheitel, die *Läuseschussl,* zieht.

Lausewändsl, veraltet für den heutigen *Lausebängl* (von Wenzel).

Leffl, Läffl, nicht nur die Hasenohren, sondern auch ein Mensch, dem die ständigen Schläge *hindr dä Leffl* geschadet haben.

Leichnfinger, gelber stinkender, mit Kartoffelstärke angemachter Stangenkäse; davon abgeleitet die gelben Fingerinnenseiten der Filterzigarettenraucher — wohl bekomm's!

Leichnschändr, von krankhafter Raffgier unheilbar geplagter Mensch, besonders bei Erbschaften.

Leidhamml, Leidbulle, der alte und vielerorts neue Chef.

Leirgasdn, erzählt die Story schon zum hundertsten Male — wortwörtlich!

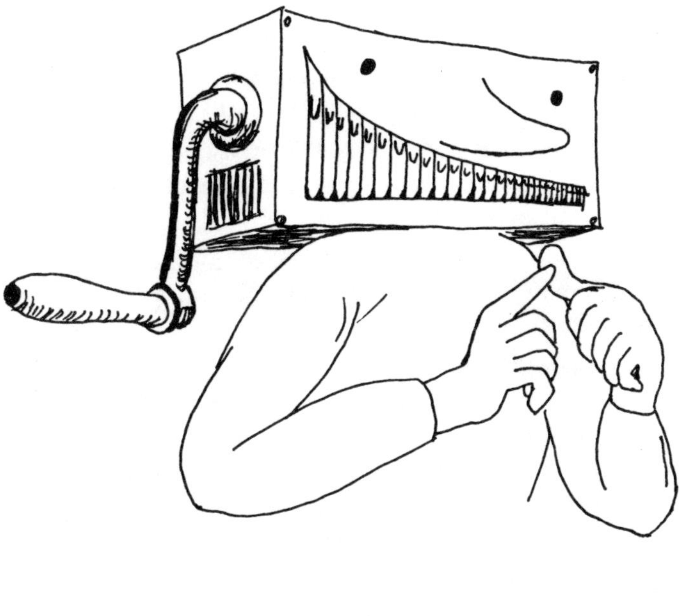

Leirgasdn

Liechnmaul, jede seiner Äußerungen ist das Gegenteil der Wahrheit, deshalb gut geeignet als Politiker.

Limml, frächr brave Lümmel gibt's nicht.

Lodderich, Loddrich, männliche Schlampe.

Loddrweib, weibliches Gegenstück des vorherigen.

Lorge, mit Abwaschwasser gekochter Kaffee (Erichs Krönung), lauwarm serviert im Pappbecher oder in einer angeschlagenen Tasse mit grünem Rand.

Lude, übler Typ, der Frauen ausbeutet, z. B. in Leipzigs Nordstraße.

Ludr, hinterhältiges Frauenzimmer.

Luggsusweib, schöne Frau, läßt sich von ihren zehn Männern aushalten und verwöhnen.

Luhlahdsch, langr hochaufgeschossener, zumeist ungelenker Kerl, mindestens 1,90 groß (der Autor mißt nämlich nur 1,89).

Luhmich, keiner weiß so richtig, was er macht, aber bestimmt nichts Vernünftiges.

Lumbmsagg, sollte mit geschlossenem Mund dasitzen, damit man ihm keine Rot-Kreuz-Kleiderspende in den Rachen stopft.

Lumbmsammlr, ursprünglich einer, der vom Müll anderer lebt, heutzutage die letzte Straßenbahn oder der Nachtbus.

Luribahm, veraltet für einen, der partout keine Ordnung halten kann; dafür kann man ihm nicht nachsagen, er sei zu faul zum Suchen.

Lusche, ist zu nichts zu gebrauchen wie beim Kartenspiel die 7, 8, 9.

Lusdmolch, denkt immer nur an das eine ...

M

Madamm, digge trägt immer dick auf, z. B. Kosmetik oder einen dicken Pelzmantel im Sommer.

Maddschoh, ist megaout, Gefühl ist in.

Maddschr, verschüttet gern Rotwein oder Tomatensaft auf frische Tischdecken.

Madrohne, energische Vertreterin des »schwachen Geschlechts«.

Mädrässe, fast dasselbe wie eine *Gong'gubine,* nur eben *nähmhär.*

Maggndoggdr, Psychiater, hat sich offenbar nicht selten bei seinen *Bsieschohbbahdn* und *Bads'chendn* angesteckt.

Maggr, ursprünglich Zuhälter, heutzutage der schnell verschlissene Partner.

Mäggrfriddse, selbst über alle Zweifel erhaben, kritisiert er alles und jeden.

Maggrohni, langer schlacksiger Kerl; was ein *Schbaggeddi* ist, gehört nicht hierher, zumal die Sachsen jetzt auch in südliche Regionen reisen können.

Mähglfriddse, findet in jeder Suppe ein Haar.

Mährde, nicht frz. Scheiße, sondern die Bearbeitung eines Amtsvorganges im typischen Schneckentempo.

Mährmuhs, Mährsagg, einer der *mährd,* der ewig nicht fertig wird, der auf Rolltreppen und Straßen für Staus sorgt.

Malgasdn, weniger wäre manchmal mehr, liebe geschminkte Leserin, das ist die ungeschminkte Wahrheit!

Maliese, veraltet für boshaftes Weib (von frz. mal: böse).

Mamsäll, es gibt Männer, die haben »Freundinnen« nur zum Vorzeigen und Angeben; eine *Gichnmamsäll* oder *galde Mamsäll* hingegen hat für das leibliche Wohl zu sorgen.

Mandahfahr'r, täglich werden es mehr in Sachsen, die sich auch durch den Rost nicht vom Kauf eines *Ohbl Mandah* abhalten lassen — die goldenen Kettchen hatten sie schon. Als Schimpfwort aber nur für rücksichtslose Raser.

Mandillnschdängl, einstmals ein Mannequin in extrafeinen Modegeschäften — der Beruf hat wieder Zukunft (span. Mantille: Schleiertuch).

Masdschwein, überfetter Kerl, der einer schlachtreifen Sau ähnelt.

Mausehagn, veraltet für einen *Gläbdohmahnen.*

Meedr, laufndr kleinwüchsiger Mensch: 50 cm Beine, 50 cm Rumpf.

Miege, ihr jährlich neuer Pelzmantel bedeutet irgendwann den Ruin des Ehemannes.

Milschgäsichd, unscheinbarer »Mann«, dem einfach kein Bart wachsen will.

Mimohse, eine Berührung mit den Fingerspitzen löst bereits einen hysterischen Anfall aus.

Misd ..., steht für charakterlos: *Misdbiene, Misdgäfr, Misdgärl, Misdgrigge, Misdschdigg, Misdviech.*

Misdhubbr, mehr scherzhaft für einen *Misdgärl,* der eigentlich doch keiner ist.

Moddnglobbr, veraltet für das in Leipzig traditionelle Handwerk des Kürschners.

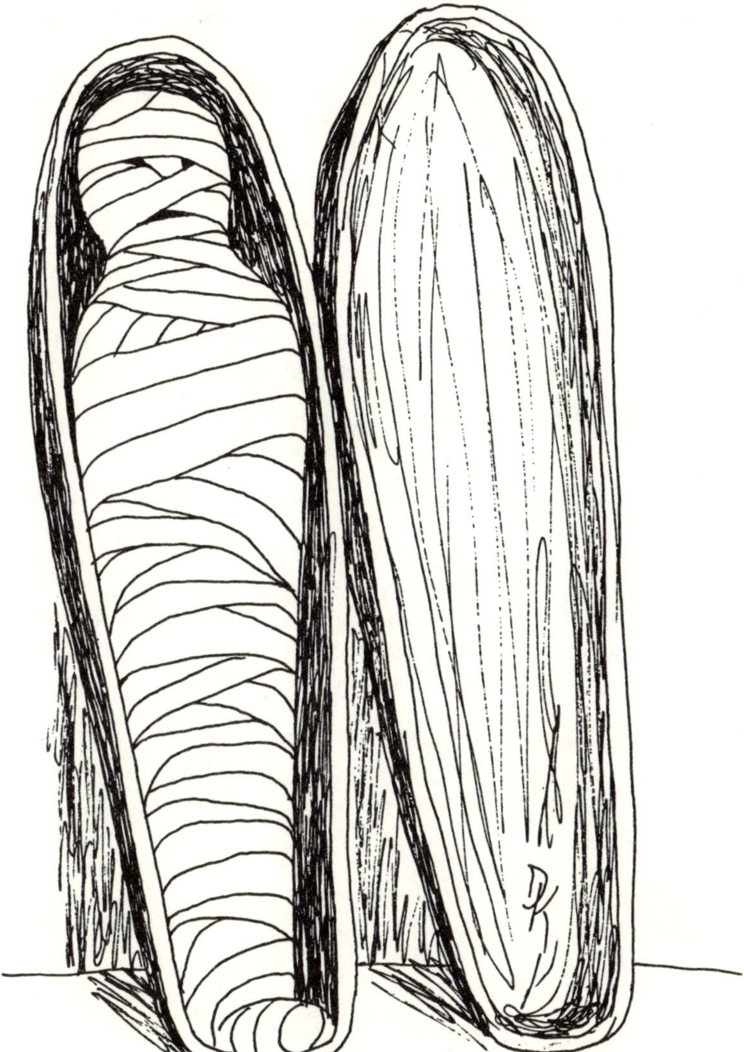

Muhmche

Mohschr, lebt über die Verhältnisse aller — siehe auch *Aasr.*

Mondgalb, ist weltfremd, tagträumerisch und naiv.

Morchnmuffl, steht früh immer mit dem falschen Fuß auf, man sollte ihm also erst gegen Mittag begegnen.

Muddrseenchn, hängt noch bis zur Rente am Rockzipfel seiner Mutter.

Mufdi, Möchtegernchef.

Muffl, seine Mundwinkel verziehen sich nie zu einem Lächeln, da hilft nur Zurückmuffeln.

Muggr, im Zivilen ein mürrischer oder aufsässiger Mensch, beim Kommiß ein *Sandlahdschr.*

Muhmche, sieht so alt aus wie aus der Pharaonenzeit.

Mummbidds, Gegenteil von *Gwallidähdserzeichnis,* obwohl es draufsteht.

Mußchee, veraltet für einen, der gerade mal mit Messer und Gabel zu essen gelernt hat und gleich mit »Sie« angesprochen werden will (von frz. Monsieur).

N

Nachdwäschdr, schläft mit offenen Augen und ruft ab und zu aus: *Liebe Leide, laßd Eich sahchn, dä Uhr had misch gah-oh geschlahchn!*

Naggedei, *Äffgahgah-Fänn.*

Närchlfriddse, kritisieren macht ihm Spaß, weil er dabei ständig Frust abbauen kann — da soll er doch lieber schimpfen!

Närrschr, *wie ä Närrschr dohbd där hier rum,* rümpfen die Leute über einen Choleriker oder Jähzornigen die Nase.

Närvnsähche, eine kreischende Kreissäge ist dagegen wie eine Erholung.

Naschgaddse, sich von Schokolade, Keksen und Bonbons ernährendes Tierchen, oft an *Gahriäs* erkrankend.

Nase, manche scheinen mit ihrem Riechorgan zu denken und müssen sich natürlich sagen lassen, sie hätten nur *Rodds im Gobbä.*

Nassaur, ist immer naß auf das, was andere haben oder verteilen.

Nehlsuhse, bockiges Mädchen; da hilft nur ignorieren und warten, bis der Bock vorbei ist.

Neidhamml, er gönnt sich ja sonst nichts und niemandem überhaupt etwas.

Neigirchhofsmamsäll, früher sagte man neuer Kirchhof und Mamsell, heute Kontakthof und Liebesdienerin.

Niede, auf keinen Fall ein Hauptgewinn für die Menschheit.

Nieslbriem, drischt leeres Stroh, redet viel und sagt nichts — Prototyp des Politikers.

Nischl, Diggnischl, immer mit dem Kopf durch die Wand! *Brähm' haddn Rohland un Hamburch 'n Michl, Dräsdn haddn Augusd un Garmargsschdadd 'n Nischl.*

Nudde, übt das älteste und seelsorgerischste Gewerbe aus.

Nuhdl, labbsche er ist genauso kräftig und stramm wie eine 20 Minuten gekochte Nudel.

Nulbe, nicht ein Mindestmaß an Grips und Taktgefühl ist bei ihm vorhanden.

Nunnuhchn, veraltet für ein altes Mütterchen.

Nuß, daube drei Möglichkeiten: er ist eine, er hat eine oder er hat zwei.

Nischl

O

Obbordunisd, hört sich erst mal die gegensätzlichsten Meinungen an und wählt dann die für ihn vorteilhafteste aus — nämlich die, mit der er am wenigsten aneckt.

Ohrchlfeife, so lang (und so hohl) wie eine Orgelpfeife bedeutet: je länger einer ist, desto dümmer.

Ober ..., Steigerungsvorsilbe für fast alle hier aufgeführten Schimpfwörter.

Oggse, brüllt vor Dummheit und rennt ab und zu hinter roten Tüchern her — diese Verarschung klappt immer wieder.

Oggsnbandoffl, ursprünglich *Oggsnfohdndoffl,* dummer Bauersknecht, hat wahrscheinlich nicht mal die Rinderhufe von seinen eigenen Füßen unterscheiden können.

Oggsnschdoff, Material für fast alle Textilien, die vor nicht allzu langer Zeit in Sachsen verkauft wurden — außer im *Äggsgwisidd* und *Indrschobb.*

Oggs'schr, ein *wuhdsch* gewordener Sachse.

Olga von dr Wolga, sie hat den Charme einer verschimmelten Matratze — hat nichts mit dort lebenden Russen zu tun, es reimt sich halt nur.

Orrichinahl, ein waschechter Sachse wie Seiferts Oskar, darf auch heruntergekommen herumlaufen.

Ossi, die Sachsen sind die zahlenmäßig stärkste *Ossi*-Gruppe; Gegenteil: *Wessi.* Weniger hart hat keiner von beiden gearbeitet, also sollten diese Schimpfwörter keinen mehr jucken. Typisch für diese Zeit: Die *Wessis* gehen in den Osten zum Politikmachen, die *Ossis* in den Westen zum Arbeiten.

R

Rabauge, freches und lärmendes Kind — Nerventod für die Nachbarsleute.

Rächdsvrdrehr, lebender Beweis dafür, daß Justitia wirklich blind ist — siehe Gerichts- oder Ermittlungsverfahren gegen ehemals hochgestellte Persönlichkeiten oder *Schbiddsnmännädschr.*

Radde, eelände hat ekelerregende Charaktereigenschaften; kommt auch als *fiese Radde* aus dem Loch hervorgekrochen.

Rahmaas, hat nichts mit Sahne zu tun, sondern mit einem Raben und stellt ein besonders erbärmliches Exemplar eines Aases dar.

Rahmvahdr, lediglich Erzeuger seiner Nachkommenschaft, fliegt beim Anblick bzw. Anhören dieser immer gleich aus dem Nest, um an der nächsten Ecke auch noch das Kindergeld zu versaufen.

Rahsche, Zustand, in dem sich am Montag abend jeder Sachse nicht nur in Leipzig befinden sollte.

Rämmboh, hirnloser Gewaltmensch, jetzt auch in sächsischen Kinos und Videotheken zu Hause — welch ein Kulturgewinn!

Rammlr, Rammlich, verläßt sich auf seine Ellenbogen — jetzt mehr denn je gefragt.

Rammschlahdn, der Vergangenheit angehörende Verkaufseinrichtung mit Ladenhütern im Angebot (wird heutzutage umgehend mit einer Pleite bestraft), aber auch eine unordentliche Wohnung.

Rehse, dumme einfältige und naive Frau, die auch mal einen »echten« *Bärs'chahnrmandl* an der Wohnungstür kauft — zum supergünstigen Überpreis.

Reibr, mehr scherzhaft für einen Jungen, der sich den ganzen Tag zum Spielen auf der Straße herumtreibt und nicht zum Essen hochkommt (*Eh, gomm hoch, 's Ässn is färrdsch!*); beliebtes Kinderspiel: *Reibr un Schambambl* (Räuber und Gendarm).

Riebl, hat keine Manieren, außer der *Feir'riebl,* der Rauchfangkehrer, der ja sogar Glück bringen soll.

Riege, veraltend für eine eingebildete bis unnahbare Frau von vielleicht 15 Jahren.

Riemsießchn, ist so trottlig wie Rüben süß sind.

Rienoh, speichert seine Dummheit in einem großen Horn auf der Nase (von Rhinozeros — Nashorn).

Riesnbeebi, unbeholfener Mensch, eben wie ein Säugling, nur im Maßstab 12:1.

Riesnroß, kein Reiterstandbild, aber ebenso hohl; überläßt das Denken den Pferden, weil sie einen größeren Kopf haben (abgeschliffene Form von Rhinozeros?).

Rilbs, Rülbs, bei seinem Anblick und Benehmen kommt's einem wirklich hoch!

Rindviech, Rind, also entweder *Oggse* oder *Guh.*

Roddsnase, die laufende Nase ist das harmloseste an einem *Roddsbängl, Roddsgärl, Roddsgobb, Roddsleffl* oder *Roddsr.*

Roffdi, müßte eigentlich *Rauhdi* heißen; zerstört alles, was ihm in die Quere kommt und ihm nicht gehört; tritt in letzter Zeit in großen Gruppen als *Huhligänn* auf.

Roggr, knattert mit seinem Feuerstuhl — seinem *Iesi Reidr* — zu nachtschlafener Zeit durch die Straßen, ist immer ganz in Leder und vertilgt große Mengen schädlichen Alkohols.

Rohsienande, sie hat ein dickes Hinterteil, das an das Pferd des *Donn Gischodd* erinnert.

Rungs, so ein grober Lackel, also eing'sperrt g'hört er! Sachsen grüßt Wien, wo auch ein besonders charmanter Dialekt gesprochen wird.

Rungs

S

Sabbrmaul, quatscht nur nasses Zeug, spuckt vielleicht noch große Töne und hat obendrein eine feuchte Aussprache.

Saddahnsbrahdn, kleiner Junge, dem alles Katastrophale scheinbar mühelos gelingt.

Safdlahdn, angelsächsisch *Dschuhs'schobb,* glänzt durch leere Regale und unfreundliche Bedienung; man erinnert sich kaum noch daran, weil man unangenehme Dinge schnell verdrängt.

Safdr, hört sich selbst gern reden, bis er auch den letzten Tropfen aus den Hirnen seiner Zuhörer gepreßt hat.

Sagg, faulr Studienobjekt für das physikalische Trägheitsgesetz, wofür besonders die Spezies *nassr Sagg* geeignet ist.

Saggesichd, Kennzeichen: lange Nase, Vollbart.

Säggsbombe, man(n) würde sie gern zur Explosion bringen, als da waren und sind: *Märrilien Monnroh, Brischidd Bardoh, Glaudcha Gardienahle, Raggl Wälsch, Gimm Bässindschr ...*

Säggsbrodds, »Sieben auf einen Streich« steht unter seiner Gürtellinie geschrieben.

Säggsmuffl, sieht lieber Fußball im Fernsehen, anstatt seine Frau zu verwöhnen, bis er eines Tages selbst im Abseits steht oder von ihr die Rote Karte sieht.

Sässlfordsr, sitzt in dicken Sesseln an grünen Tischen und trifft Entscheidungen in Unkenntnis der Sachlage.

Sau, es gibt sogar Schweine, die sauberer sind, zumindest können sie nicht obszön daherreden; als Vorsilbe bei *Saubarrdl, Saugärl* und *Sauschdall* zu finden.

Schabragge, häßliches altes Weib.

Schachdl, alte Jungfer, aber auch ein Trabant, also eine *Babbschachdl.*

Schafsagg, dasselbe wie *Schafsgobb, Schafsnase* und *Schafzibbl* (alt), ein vor Blödheit blökender Mensch.

Schaggefliddch, veralteter Ausdruck für einen schusseligen Menschen, der überall mit seinen Klamotten — vor allem dem *Schaggedd* — hängenbleibt und dadurch Löcher hineinreißt.

Schähgr, flirtet, was das Zeug hält, um sich ständig selbstzubestätigen, denn von Dauerhaftigkeit hält er nichts.

Schalubbe, dasselbe wie *alde Frägadde.*

Schärdsgehgs, ernst zu sein ist eben nicht alles, da macht es nichts, wenn einer mal im unpassendsten Augenblick einen Witz macht — denn Humor ist, wenn man trotzdem lacht.

Schärdsnjähchr, hat immer eine geladene Flinte bei sich, mit der er seine weiblichen Opfer zur Strecke zu bringen gedenkt, während er an den Schürzen überhaupt nicht interessiert ist.

Schärwänsl, veraltet für den ewig jungen Arschkriecher.

Schärriff, der für das Wohngebiet oder Dorf — jedenfalls einen ganz bestimmten Abschnitt — zuständige Polizist, bis vor kurzem der *Abschniddsbävollmächdichde (Ahbeevau),* auch *Abschniddr.*

Schaumschlähchr, gebraucht in Sitzungen meistens den Satz: *»Wie mei Vorrehdnr scho' sahchde ...«*; andernfalls handelt es sich um den letzten Kunden bei Schichtende einer Gunstgewerblerin.

Schauschbielr, manche von ihnen werden große Darsteller, viele von ihnen Politiker (Komischer Alter) und die meisten Fußballer.

Schbannr, muß bei Nebel auf *Borrnohgrahfi* zurückgreifen.

Schbießr, nimmt sich selbst die Freude am Leben und versucht's auch bei anderen.

Schbindisier'r, Tagträumer mit realitätsfremden Ansichten und bescheuertem Weltbild, bei dem die Sonne z. B. um den Mond kreisen sollte, damit alle Menschen in Frieden leben können.

Schbiogänd, Vater *Schbiohn,* Mutter *Agänd.*

Schbriddi, *Schnabbs!* war sein letztes Wort, dann trugen ihn die Englein fort.

Schdabbs, veraltet für einen total ungelenken Kerl, als *Darrdsahn* ungeeignet.

Schdallinisd, *Bärreschdroigahgeechnr,* der vieles auf dem Gewissen und alles vermasselt hat.

Schdäng'grfriddse, der berühmteste war Mephisto, der ein ziemliches Chaos unter den Studenten in Auerbach's Keller anrichtete und nach seinem Faßritt nur Schwefelgestank zurückließ.

Schdiesl, sollte unbedingt mal ein paar Kapitel im Knigge lesen.

Schding'gewidds, Schding'gmohrchl, hat Berührungsängste gegenüber Wasser und Seife.

Schding'gschdiwwl, dasselbe wie *Schdäng'grfriddse*; freut sich, wenn andere sich ärgern.

Schdoddrmadds, ihm bleibt öfters die Spucke weg (von Mathes oder Matthias).

Schdrawandsr, eng verwandt mit dem *Schlawienr*, der mit der Dummheit mancher Leute Geschäfte macht – hat jetzt Hochkonjunktur!

Schdreidhamml, Höhepunkt bei zweien von dieser Sorte: mit Anlauf krachen beide mit ihren Schädeln zusammen.

Schdriedsr, Lehrer, der seine Schüler gerne quält, z.B. mit dummen Fragen, Diktaten oder Mathematikarbeiten.

Schdrolch, treibt sich überall herum, ist aber nirgends beliebt.

Scheißgärl, am liebsten möchte man nur an der Kette ziehen – und weg ist er! Auf das Fluchen wie *eeländr Scheißmisd* usw. wollen wir hier verzichten, das kann jeder – Gründe gibt's genug – und dazu muß man nicht dieses etwas derbe Buch gelesen haben.

Scheißhausflieche, er ist so aufdringlich wie jenes lästige Insekt.

Scheißr, gibt's in allen Mundartgebieten und Sprachräumen und bedeutet, daß der Besprochene das absolut Letzte ist; hingegen ist ein *Scheißrchn* nur ein Säugling, der seinen Stoffwechsel natürlich noch nicht im Griff hat.

Schgandahlnuhdl, sorgt immer für Aufsehen und erregt öffentliches Ärgernis.

Schgollrds'sch, frecher Sperling oder frech wie ein Sperling.

Schießbuhdnfichuhr, lächerlicher Typ: ein Schuß mit dem Luftgewehr genügt, dann knickt er weg.

Schiggse, übertrieben geschminkte und gekleidete, aber ordinäre Frau (ursprünglich jiddisch für eine Frau christlichen Glaubens).

Schildbärchr, seine Entscheidungen zeugen nicht von Weitblick, haben aber stets weitreichende Folgen.

Schissr, Angsthase, Hosenscheißer — naja, das hatten wir bereits.

Schlahds, *Du hasd woh' ä Schlahds in dr Blahne?!* fragt nach der geistigen Verfassung des Gesprächspartners.

Schlabbschwands, wünscht sich so sehr ein Stehaufmännchen.

Schlafdablädde, der langweiligste Mensch der Nation.

Schlafmiddse, dieses Kleidungsstück ist offensichtlich noch nicht aus der Mode gekommen, denn es wird von vielen auch tagsüber getragen, und zwar — der letzte Schrei — bis über beide Augen gezogen.

Schlambe, Schlambrich, das Geschlecht spielt keine Rolle, denn Ordnung ist für viele ja sooo anstrengend!

Schlawienr, a clever boy.

Schleimi, ist auf dem besten Wege, ein Schleimscheißer und Speichellecker zu werden.

Schlübbrschdürmr, Likör, der bekanntlich von Frauen gern getrunken wird — Süßes den Süßen! — und dieselben offen für alles macht.

Schluggschbächd, hämmert so lange am Bierglas, bis das nächste auf dem Tisch steht.

Schluhdrfriddse, oberflächlich arbeitender Mensch.

Schmahlschbuhrboliddiggr, davon gab's einige im Jahre 1990 in der DDR.

Schmierfingg, ist einer, der zum Beispiel eine schlechte Kritik über dieses Buch schreibt.

Schnäbbfe, albernes Mädchen.

Schnaddrände, noch ein Wasservogel, und zwar eine(r) mit Endlosquatschautomatik.

Schnabbsdrossl, hier ein Schnäpschen, dort ein Likörchen, da ... zwitsch ... swich ... fidschert es sich ganz vorzüglich!

Schnägge, dasselbe wie *floddr Fähchr.*

Schnieblich, nicht nur kleiner, sondern auch unbedeutender Mann.

Schnorrds, *Das is mir Schnorrds un Biebe!*

Schräggschraube, Nerventot des Ehemannes.

Schubiagg, veraltet für einen schäbigen Kerl.

Schuhriechl, Schuhriechlr, schikaniert gern andere mit körperlichen Anstrengungen, oftmals beim Militär als Vorgesetzter anzutreffen.

Schundgeenich, Nachdgeenich, einst der Senkgrubenräumer oder Jauchenfahrer.

Schussl, Schußlich, wer ungeschickt ist und den Schaden hat, spottet jeder Beschreibung.

Schwachgobb, das Denken ist nicht seine Stärke.

Schwahflheini, Schwätzer mit *fillosohfischn Ambids'chohnen.*

Schwein, steht für das unsaubere, grobe, schlechte, so in *Schweinebriesdr, Schweinehund, Schweineschdall, Schweingrahm.*

Schweiniechl, was kann der Igel für das dreckige Schwein?

Schwuchdl, ja, wen haben wir denn da?

Seeschr, Bettnässer oder aber einer, der nur dummes Zeug erzählt.

Sieschfried, gehärrndr 1. Möglichkeit: Er hat zumindest an der Fußsohle soviel Hornhaut wie einst Siegfried am ganzen Körper außer an bewußter Stelle zwischen den Schultern. 2. Möglichkeit: Er hat sich an den Kopf gestoßen und bekommt nun ein Horn. 3. Möglichkeit: Die Hörner wurden ihm aufgesetzt.

Sießholdsrasblr, er kriegt sie durch schöne Worte herum.

Subbchäggd, fräches Unperson.

Subbmgasbr, sein Alptraum: Gräupchen zum Montag in der Kantine.

Suffgobb, immer hinein in die hohle Rübe, damit die Leber wächst und gedeiht.

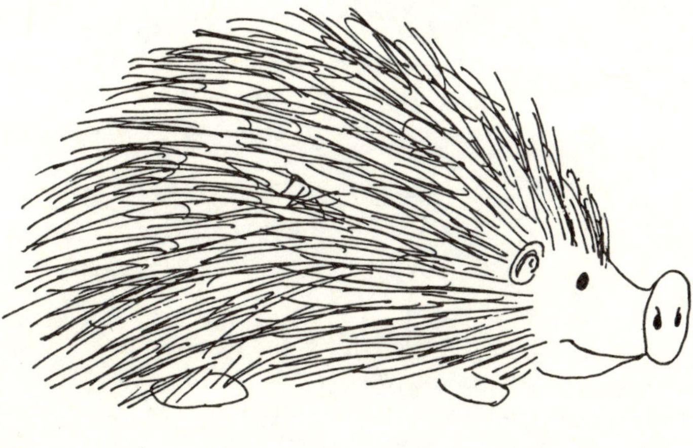

Schweiniechl

U

Ulf, ist ein Jammerlappen, aber: *Ulfsahchn* heißt, daß man Würfelhusten hat bzw. einem das Essen aus dem Gesicht fällt.

Ulgnuhdl, Spaßmacher vom Dienst.

Umschdandsgasdn, dreht sich immer erst dreimal im Kreise, ehe er eine Sache anpackt.

Ungediem, ein ganz gefährlicher Sachse!

Urml, Volltrottel, Blödmann — genauso blöd wie das Wort selbst. Das »Urmel aus dem Eis« von der »Augsburger Puppenkiste« ist aber der Liebling aller großen und kleinen Kinder.

V

Viech, dummes Mensch mit dem Grips eines Tieres, wobei nicht immer klar ist, ob das Tier nicht doch mehr Verstand hat; so gibt es z. B. keine Politiker im Tierreich, wohl aber Tiere — und natürlich *dumme Viechr* — unter den Politikern.

Viehdransbord, Straßenbahn im Berufsverkehr.

Vohchl, was kann man schon von einem Spatzenhirn erwarten?!

Vohchlscheiche, schreckt nicht nur Vögel ab.

Volg, *»Mir sin das Volg!«* war im Oktober 89 die Antwort auf die Schimpfwörter *Unruäschdifdr* und *grimminälle Ällämände.*

Voll . . ., steigert solche Schimpfwörter wie *Idchohd* oder *Droddl.*

Vr'riggdr, er ist geistig total abgemagert.

Vohchlscheiche

W

Waschlabbm, Superversager.

Wachdl, alde mit 90 immer noch Jungfrau – hat sich gut gehalten!

Walgiere, dickliche, stämmige und etwas maskuline Frau, deren Spezialität der *Walgiernridd* ist.

Wannsd, Mehrzahl *Wännsdr,* ungezogenes und vorlautes Kind (so waren wir ja alle einmal, stimmts?); aber: es kann auch der Magen oder Bauch gemeint sein, wonach *Wannsdrammln* Blähungen bedeutet.

Wärmchn, armseliges, im Schmutz kriechendes Subjekt.

Wärrschdchn, König der *Wärmchn.*

Weibsn, streitsüchtiges Frauenzimmer.

Wendehals, Vogel des Jahres 1990, darf in keinem zeitgemäßen Schimpfwörterbuch fehlen, und ist absolut nicht auf Sachsen beschränkt.

Wiggsr, ursprünglich nichts Unanständiges, nämlich ein hinterhältiges Großmaul.

Wuhdschr, ein Sachse, der für wenige Augenblicke sein Phlegma überwunden hat, d. h. aus der Ruhe gebracht wurde.

Wurdslwärch'indchahnr, Sprößling auf Kriegspfad in Haus, Hof, Garten oder Wigwam – und dann erst mal ab unter die Dusche!

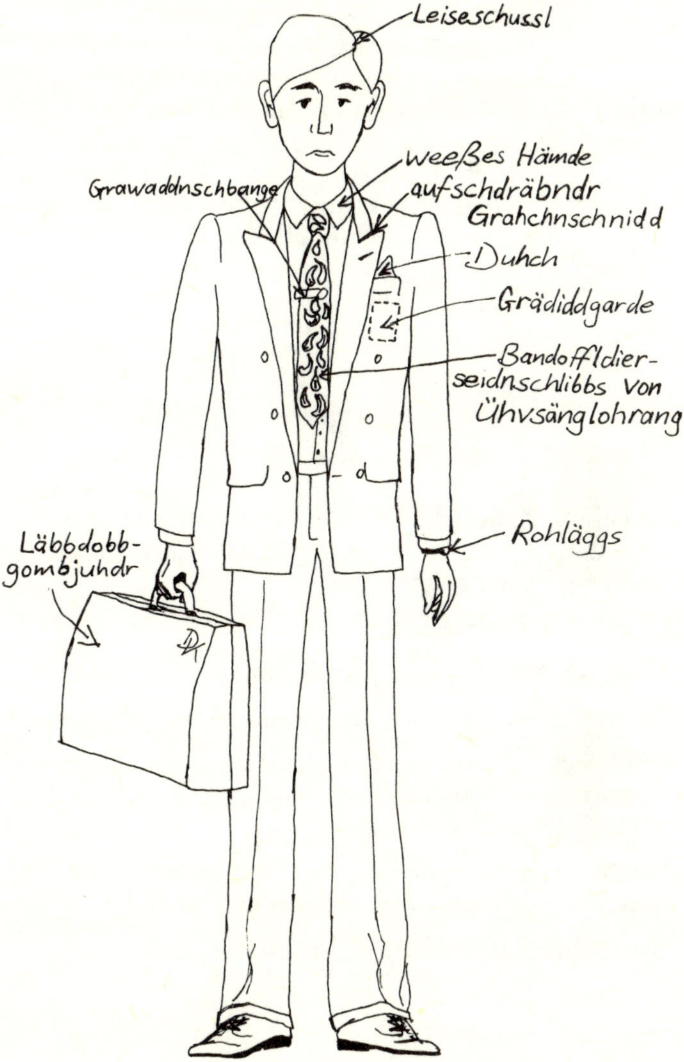
Leiseschussl
weeßes Hämde
Grawaddnschbange
aufschdräbndr
Grahchnschnidd
Duhch
Grädiddgarde
Bandoffldier-
seidnschlibbs von
Ühvsänglohrang
Rohläggs
Läbbdobb-
gombjuhdr

Yubbi

Y

Yubbi, *Yang örbn brohfäschnl,* angelsächsisch für einen jungen Stadtmenschen auf dem Weg steil nach oben; gibt's jetzt auch in Sachsen, kommt und geht mit der Marktwirtschaft, trägt immer weiße Socken und Hemden und natürlich hochmodischen Anzug mit Krawatte.

Z

Zabbelich, Zabblich, wie es unruhigen und nervösen Kindern ergeht, ist unter dem Kapitel *Zabblfillibb* im Struwwelpeter nachzulesen.

Zägge, Spielverderber.

Zahn, schdeilr eine *säggsi Säggsin.*

Zibbe, nahe Verwandte der *Gsandibbe* — siehe dort.

Zimdzieche, Zimdzigge, meckert wie alle Ziegen und erzählt nur blanken Zimt bzw. gibt nur Ziegenkäse (*Gammämbrd*) von sich.

Zwieblrebägge, peinigt gerne Männer — ist sie vielleicht eine Domina? (von Rebecca, also jiddisch).

Zwunsch, kleiner Mann, was nun?

Das Hessische Schimpfwörterbuch

Lauter *beese* Wörter
von Ingrid Lewis
und Bernhard Naumann
Zeichnungen von Lars Contzen
80 Seiten, Broschur, 9,80 DM

Auch Hessen können schimpfen! Und wie:

Balkewatz! Kamuffel! Hochseicher!

Da kommt die ganze Sprachgewalt der hessischen Dialekte über einen. *Kennelbrunsern* oder *Raadschern*, Hunderte von hessischen Schimpfwörtern sind in diesem Buch, mit nicht immer ganz ernst zu nehmenden Erklärungen, zusammengetragen worden.